森鷗外と村山槐多の〈横浜〉

佐々木　央

〈写真上〉
右下に「山本一族」とあり。右から嶺田たづ、秋山力（旧姓山本）、一人おいて不詳女性、山本たけ（槐多の母たまの長姉）、山本万世、太田芳を抱く太田ひさ（全て旧姓山本）

〈写真左〉
山本万世の夫、良斎の盟友・織田完之と妻。右上に「織田完之」とあり

槐多の母たまの次兄・秋山力。右下に「秋山力」とあり。森鷗外の玄関番を務める

秋山力夫妻。左端に「秋山力　ま寿」と見える。夫妻は神奈川町に隣接した横浜に近い青木町にいた

槐多の母たまの弟（４男）・山本秀雄と妻。右上に「山本秀雄」と見える。後年、代議士高木正年の秘書を務めた

右上に「山本　市川　太田」とあり。前列左より市川常明、石川松代子、山本一郎、太田芳、太田ひさ。後列左より山本鼎、山本競、ひさの夫・太田庸造。前列左の市川常明は、一郎の弟（次男）で幼名は鐘次《ママ》郎、市川家の養子となる（明治40年12月撮影。裏書きあり）

槐多の母たまの弟（５男）・山本競。
右下に「山本競」とあり

たまの妹（４女）・太田ひさと太田芳。
左下に「太田ヒサ」とあり

右下に「嶺田　田中十三男」とあり。愛知二中時代の嶺田丘造と友人の田中十三男（左）。丘造は槐多の母たまの次姉たづの一人息子であった

右下に「田中十三男」とあり。槐多の水彩画田中像がある

前列左から嶺田久五郎、嶺田たづ。後列左から嶺田芳子、嶺田丘造、嶺田良、嶺田雪子（裏書きによる。昭和16年10月撮影）
提供=永井隆子氏

はじめに

村山槐多は、京都府立第一中学校二年生（明治四十二年）の頃に、森鷗外を読んでいた。中学以来の友人だった山本二郎（筆名・路郎）は、のちに次のように回想している。

　彼は此の頃から画と文章とを愛した。小学校の六年生頃から外国の冒険小説の飜訳物などを読み始め中学二年生頃には鷗外氏の飜訳物、漱石氏の作物等を手当り次第に読むだ《ママ》。而して、空想の豊かな彼は、浪漫的な夢に酔つて、しばしば幻想と現実との境が自分で分らないことが有つた。鷗外氏の即興詩人、水沫《みなわ》集、上田敏氏の海潮音などの話をする時の彼は酔つた人の様なうつとりとした目附になつて、首を振り手を動かし、馳《ママ》け出したり立ち留まつたりして狂人の様になつたのを記憶してゐる。（傍線、佐々木）

（山本路郎「槐多の話」、『槐多の歌へる其後』所収、大正十年、アルス）

槐多の母・村山たま（旧姓山本、三女）、たまの次兄の秋山力（旧姓山本）、長女の山本たけが、鷗外家に仕えた（養子の夫・一郎は森静男に）。たけの一人息子の山本鼎と北原白秋妹・いゑ子の仲人は鷗外であり、そうした深いつながりの中で、槐多は母から鷗外のことも聞かされていたであろう。森家について、中学の同級生には口外しなかったかもしれないが、鷗外作品の濫読については親友にも伝播していたのである。

槐多が、スペイン風邪のために没するのは、大正八年二月二十日のことであった。二十二歳五ヵ月という若さでの惜しむべき死を、鷗外はしかしながら日記に残してはいない。鷗外が、一、二歳の赤ん坊槐多に出会った日のこともまた、記されてはいないのである。言い換えれば、槐多の〈生と死〉について、一切触れなかったことになる。

ところが、文展審査員として鷗外と席を同じうした黒田清輝は、槐多の死を書き留めていた。大正八年十一月十四日の日記にはこうある。

予《かね》テ山本氏ヨリ神田裏神保町兜屋ニ村山槐多ト云フ死亡セル青年洋画家ノ作品陳列ノ通知ヲ受ケ居タレバ二時半頃ヨリ出向ク　村山氏ハ山本氏の従弟ナリ　始メテ店主野島氏ヲモ知リ五時半頃マデ語ル　竹見屋ニ寄リ画布ヲ覧タリ

（黒田清輝『黒田清輝日記　第四巻』、昭和四十三年、中央公論美術出版）

槐多の遺作展覧会の通知を山本鼎から受けて、来訪した黒田清輝は、三時間も会場にいたことが分かる。それだけに、槐多の死に対して真情溢れるものがあったのであろう。観潮楼をしばしば訪ねた槐多の従兄・山本鼎の名は鷗外日記にも散見され、槐多の死は鼎からも鷗外に伝わっていたはずである。

今、ここに一冊の書を、取り出してみよう。

フリイドリッヒ・ニーチェの『ツァラトゥストラ』である。訳者は生田長江（生田弘治）で、発行日は、初版が明治四十四年一月三日、私物の同書は明治四十四年十月十日の再版となっている。六百頁余もある大冊で、新潮社の刊行であった。

槐多の大正七年九月二十二日の日記に、「しかし、何と言つても、もし自分が強くなつたとしてもそれはニイツヱの強さだ。」とある。ニーチェに言及されているが、さらに、同年の「命」という詩のなかに、「お前はゾロアスター教徒か　日にかつえて居る男」という箇所が見える。言うまでもなく、『ツァラトゥストラ』とは、「ゾロアスター」のことである。槐多がニーチェの代表作『ツァラトゥストラ』を読んでいた公算は大であろう。しかし、これらの類推が、森鷗外とどのような関連があるのか、少し述べてみる。

『ツァラトゥストラ』を落掌した当時、手に取って驚いたものであった。冒頭、大扉の次に「訳本のツァラトゥストラの序に代ふ」として、森鷗外の短編「沈黙の塔」が収録されていたのである。「なぜこんなところに鷗外が」という疑問は、やがて少しずつ氷解していった。この短編「沈黙の塔」もまた、ゾロアスター教徒のパアシイ族についての内訳だったからである。もう一つ気付いたことがある。目次には、なぜか、「沈黙の塔」は収録されていない。特別な事情があったのであろう。

「沈黙の塔」が最初に発表されたのは、山崎一穎《かずひで》氏によれば、「三田文学」明治四十三年十一月号である。それから、二ヵ月後の同四十四年一月、あるいは再版時の同四十四年十月に、単行本『ツァラトゥストラ』冒頭に、急遽収載されたことになる。

私は、ずしりと厚い『ツァラトゥストラ』を再度手に取った。見返しの次の余白に、走り書きのインクサインと朱色の押印が目に入った。「K.Tokiwa」のペン書き、朱印は「常葉」とある。すぐに、「常葉金太郎」だと直感した。キリスト者で本名は「嶺《みね》金太郎」。村山槐多を支えた一人に田端在住の笹秀松がいる。その東京帝大時代の親友である（常葉は一高の出身）。笹秀松は大正十二年、享年四十二歳で帰泉したが、「故笹秀松君の半面」という追悼文を寄せたのも、常葉金太郎であった。（参考、「われも微笑もてわが生を微笑せむ―村山槐多《のらくら者》スケッチ」、『村山槐多のトアール　円人村山槐多改補』所収、二〇二一年）

今回の『森鷗外と村山槐多の〈横浜〉』は、〈鷗外と槐多〉という思いがけないテーマでの三作目になる。いずれも、曲がりなりにも、鷗外なしに語れないが、槐多の出生地についても、鷗外と赤ん坊槐多の対面挿話も基軸としつつ述べた。近年岡崎生誕説が現れ、岡崎記述が増加した。岡崎出生説中の、齟齬を解きほぐすことに力点を置きすぎた面は否めない。

三連作には重複した個所も多々あるが、可能な限りの補筆を施した。新たに増補した個所について、ご検討いただければと思う。槐多生誕から百年以上経つ。記憶は遠のき、戦時や都市開発をへて、詳細の遡及はさらに困難となろう。文中、誤謬や疎漏もあることと思われる．諸賢に学びつつ、「はじめに」としたい。

目次

装幀　神奈川新聞社出版メディア部

森鷗外と村山槐多の〈横浜〉

生れる、死ぬる、咲く、散る、すべて「起」である。

（唐木順三「無常の形而上学」、『唐木順三全集第七巻』所収）

五年前の二〇一九年は、村山槐多没後一〇〇年忌にあたる節目の年となった。この年の冒頭、不十分ながら、『森鷗外と村山槐多の〈もや〉』（神奈川新聞社）として刊出後、当時は不分明であった幾つかの点が明証化された。尚も通過点に過ぎないが、〈補筆〉として記しておきたく思う。

1. 残された二つの〈未決着〉

思い返せば、同年時点に於いては、大きく二層の未決着の課題が残された。
〈第一〉には、槐多の出生地〈横浜〉が、戦後半世紀以上も経って、〈岡崎〉に改変されたことの真偽。
〈第二〉に、所有者非公表の百数十点にも及ぶ槐多の新発見（?）なる新出作品についての真贋問題である。

「「没後一〇〇年村山槐多展」新出作品の真贋の未解決」問題（土方明司、「新美術新聞」二〇一九年十二月二十一日号）については、『村山槐多全作品集』他が〈新出作〉も含め〈全真作〉だとして編まれた事態を、出版元含め、今後どのように整合するであろうか。

個人による単独判定ならぬ、①当事者とは無関係の専門家・有識者を交えた共同審査、最終的には②新出作の「出処《でどころ》」の明示と再調査、③公平で利害関係の伴わぬ第三者的専門機関による科学的精査、が必要と思われる。特に③が重要とされるが、他方、画面での署名にしても、習練された精緻な贋筆の判別は容易ではない。使用絵具などの年代特定にしても、〈槐多に影響された模倣的同時代作品〉の場合もありうる。

驚くのは「日本の画商の立場」である。画商は「基本的に、その作品の真贋を保証しなくても良いことになって」おり、「それが本物かどうかは買い手の判断に委《ゆだ》ねる、というスタンス」なのだという（岡部昌幸『迷宮の美術史　名画贋作』、二〇〇六年、青春出版社）。

ゴードン・スタインによれば、「（その）本には、①だまされやすい美術愛好家に②（贋作者の）デボリの③贋作を売りつける仲買商人と④美術商との複雑なネットワークのことが記されている」（『だましの文化史　作り話の動機と真実』、二〇〇〇年、日外アソシエーツ）という条《くだり》がある。国内に於いては、このような、美術愛好家＋贋作者＋仲買商人＋美術商が絡み合う〈複雑なネットワーク〉など存在せぬことを祈りたい。

槐多の画風に影響される

故山本太郎（山本鼎子息、詩人）が、『村山槐多全集』（彌生書房）の年譜「大正八年二月」で僅かに述べていた〈美術院に通う若い画家は、殆ど槐多の絵の影響をうけていた〉という指摘も忘れがたい。

美術院で槐多と最も親しかった画友の山崎省三（横須賀生まれ）も、「代々木時代」という回想の中で、次のように書いていたのを瞥見できる。

私は、美術院へ一緒に出かけたり、同じ代々木［佐々木註、現在の代々木上原］で写生を倶《とも》にしたが彼の勉強に刺戟《しげき》されて、まけん気になつて作画してゐた。或る日、この私の勉強が彼を大へんいら立たして居る事を友人からも聞いて、私は妙に苦しくなつた。回想すると、その頃の私は或《あるい》は彼のすべてに習つてゐたと云へば云い得るのであつた。［佐々木註、「習つてゐた」は「倣《なら》つてゐた」であろう］

或時彼は「俺が発見してゆくものを、彼等は後から後から拾つて来る」と云つた様な意味の事を云つて苦しい顔をした。「Mだってそうだ」と友人の名を上げたりした。

この事は、非常に当時気になつた。（傍線、佐々木）（『槐多の歌へる其後』所収、大正十年）

「彼等」とは、当時の日本美術院の画友たちであり、「M」とは、同美術院の宮芳平（佐々木註、森鷗外の鍾愛を受けた）であろう。右の引用から見えてくるものは、槐多の画風に影響されて、結果的に多くの模倣的類似作が再生産されたという事実である。それらは意図的な贋作とは自ずと異なる。然しそれら模倣作に〈槐多〉という署名をほどこせば、贋造は完成する。百数十点もの新作をすべて真作と主張したい心情は理解できるものの、残念ながら、「心情は理解できる」に留まる。

今回の新出作品への「贋作疑惑」については、版元が『全作品集』を謳うのであれば、真贋未決着疑念作はひとまず保留とし、灰色の新出作は性急に収録すべきではなかったと思われる。出版社という商業資本は、著者の「真作たる確信」を確信し、高評価な画家のセンセーショナル性も加味されて、刊出を断行したのであろう。その背景には「マイナー画家」的立ち位置よりの蟬脱がある。市場需要の増長による心算である。真贋の措定は後景に退いている。

「百数十点もの新発見作」(「中日新聞」朝刊二〇一九年四月二十五日号では一二八点、「東京新聞」夕刊同年六月十五日号では、一四一点)なる触れ込みは、「耳目を惹く」ばかりではなく、様々な小声も仄聞した。学芸員氏は今回新出作の所蔵者を伏せた由縁を開陳するが、一九九〇年代半ばの〈佐伯祐三贋作事件〉が想起される。当時は五十点近い新出作(判定結果は贋作)であったが、所有者の吉薗明子氏は御芳名を明らかにした。

文春砲の〈贋作疑惑〉が白煙上げる

ところが、二〇一九年九月五日号の、文春砲こと「週刊文春」(六十一巻三十三号、通号三〇三三号、文藝春秋)〈ワイド　すくーぷラブ〉欄に於いて、「夭折の天才画家村山槐多の新発見作に贋作疑惑」(p一三〇〜p一三一)なる記事が白煙を上げた。私は「朝日新聞(東京版)」朝刊二〇一九年八月二十九日号の広告で知った。文中ではまず疑惑呈示の三人が述べる。「ある槐多コレクター」、「別の槐多ファン」、「美術史家の原田光氏」である。四人目として「当事者の学芸員氏」が反論するという誌面構成であった。

①ある槐多コレクター「（学芸員『全作品集』に）掲載されている近年の発見作品の多くが、槐多のものではないと感じた」「一般的に贋作というと、似せた作品を作るものですが、展示されていたのは、槐多の世界観と違うものばかり」「問題なのは、こうした作品に槐多のサインが入っていることです。誰かが故意にサインを入れたのだとしたら、美術界を揺るがす大事件」「やはり複数の方が私と同じ意見をお持ちだったのです」

②別の槐多ファン「一九一二年に十六歳で描いたという『飛行機』は槐多が死んだ後一九四〇年代の飛行機をモデルに別人が描いたのではと見られています」

③美術史家「私も実物を見ていますが、槐多の作品だとしていることに疑問があります。サインの筆跡鑑定をすべきでしょう」「槐多の世界観とは全く違う作品が多く、別の複数の人が描いたようにも思えました。特に油絵については、作風がバラバラという印象」「発見の経緯も『槐多が通っていた京都の旧制中学の同級生宅から見つかった』というくらいしかわかりません」「カタログもない。かわりに村松さんの書籍が売られているだけです」

対して岡崎の学芸員氏は、そうした贋作疑惑について、こう答えた。

そう思われている方がいるのは非常に残念です。主に二人の同級生と先生の家から（出所を）一切誰にも明かさないという条件で貸していただきました。私は十年以上前から京都に何度も足を運んで交渉を続け、その成果が今回の没後百年展につながったのです。通常、出所については、税金や所有権の関係など、さまざまな事情で明かすことはできませんが、私としては間違いのない所から出てきた作品で、修復家の人にも見せて、明治から大正のものだとわかっています。カタログがないのは予算がないという事情がありました。サインについても、槐多のノートなどにある文字や数字を私は誰よりもみて比較対照しています。ですから槐多の心境もわかる。一点の曇りもない槐多の作品を今回展示しています。

「ですから槐多の心境もわかる」「一点の曇りもない槐多の作品」という対応であった。おかざき世界子ども美術博物館（愛知県岡崎市）で、二〇一九年六月一日〜七月十五日まで、「村山槐多展」が開催されたものの、従来のカタログはなく、開催当日の、二〇一九年六月一日の奥付で、代わりに出版されたのが、個人名義の単著『真実の眼―ガランスの夢　村山槐多全作品集』（求龍堂）であった。

2．同僚だった村山谷助と鷗外の玄関番・秋山力

さて、二〇一九年十二月、早稲田大学文学部に於いて、とある美術学会の総会が開かれた。数日前、槐多に関連する発表があるので、できれば出席するように、という伝言を頂いていた。文学部のスロープを上るのは久しぶりのことで、当日はまだコロナ騒動以前でもあり、会場はほぼ満席であった。

当日の報告題目の一つが、金子一夫氏（茨城大学名誉教授、明治美術学会代表）による「山本鼎の生いたち」であった。金子氏の東京都公文書館調査で新事実が明示された。（参考、金子一夫「山本鼎の生い立ち　付論国柱会との関わり」二〇二〇年、「近代画説　二十九号」所収、明治美術学会、三好企画）

槐多の父・村山谷助《たにすけ》（佐々木註、故村山太郎氏の縁戚から頂いた谷助側「門山家系図」には〈幸太・溪輔《たにすけ》・庭橘《ていきつ》〉三兄弟の内、溪輔は「改名谷助」とある。婚姻・分家を機にか）と槐多の母たまの次兄・秋山力（旧姓山本力、秋山家に養子、森鷗外邸の玄関番）は、千寿《せんじゅ》小学校（現、東京都足立区）の「授業生」（代用教員）として同僚で、明治二十四年十二月、二人は同時に同校を退職していたという。

鷗外末弟・潤三郎の〈先生〉村山谷助

この調査からは、村山谷助が森鷗外の末弟「叔父潤三郎の先生」（森於菟）だったという記述とも符合するとしながらも、金子氏はこう述べる。

調べると潤三郎が村山溪輔に直接教わった可能性は低い。まず明治十二年四月生まれの森潤三郎は明治十八年四月に千寿尋常小学校に入学した。順当に明治二十二年三月に卒業したと思われるが、その上の千寿高等小学校に入学した気配がない。というのは、明治二十二年に潤三郎は新婚の鷗外と上野花園町に住み、さらに明治二十三年には離婚した鷗外とともに千駄木に転居したからである。上野や千駄木は千寿高等小学校に通学するには遠すぎる。村山溪輔が千寿高等小学校授業生であった明治二十四年に潤三郎は、錦城中学または郁文館中学にいた。錦城中学や郁文館中学の旧職員名簿に村山谷助《（ママ）》［溪輔］の名はない。結局、於菟の言う「叔父潤三郎の先生」とは、潤三郎が前に通ったことのある千寿小学校の先生という意味である。（「山本鼎研究拾遺」、「一寸」第八十一号所収。傍線は佐々木）

金子氏によれば、右の文久二、三年生まれ（推定）の秋山力は千寿尋常小学校に授業生（代用教員）として、明治二十三年七月から明治二十四年十二月まで、村山谷助は溪輔《たにすけ》名で、千寿高等小学校の授業生として、明治二十四年六月から同年十二月まで在籍した記録が残されていたという。調査からは村山谷助と森潤三郎の実際の接点はない。谷助が「叔父潤三郎の先生」だったという条《くだり》を、「家庭教師」と誤認した記憶もある。「秋山力」名は鷗外日記に散見されるものの、谷助は「村山某」としか見当たらない。「村山某」では家庭教師にしては、鷗外との懸隔を見て取れる呼称である。

3．正された村山谷助の〈神奈川小学校〉退職日

以上の経緯から村山谷助と槐多の母となる山本たまの結婚に於いては、たまの兄秋山力による仲立ちが見え隠れする。金子氏は「村山谷助が［明治二十七年六月］神奈川小学校訓導［正教員、現在の教諭］になった時点では、［たまは］谷助と〈事実婚〉状態であったと想像」される。

小著『森鷗外と村山槐多の〈もや〉』では、「しかしながら、この〈［明治二十九年］九月三日〉の時点に於いては、書類上のみの入籍・分家かもしれず、槐多は未入籍の頃に、〈神奈川県橘樹《たちばな》郡神奈川町〉で生まれていたという可能性も否定できない。取って付けたような〈九月十五日〉なる槐多誕生日も、同様に仮構である余地を残すものである」と書いた。

谷助の東京から神奈川に転勤する背景についても、私はたまの次兄秋山力の介在を見る。明治四十五年、槐多の従兄山本鼎は「横浜市青木町に住む伯父秋山力の家に止宿」（小崎軍司『山本鼎

評伝』）という記述もあり（佐々木註、「止宿」は泊まること、下宿すること。『日本国語大辞典』）、鷗外日記にも神奈川帰宅は遠い故か、観潮楼に「秋山力來り舍《やど》る」（明治三十一年）とある。力は千寿小学校退職後、神奈川転居の公算が大である。

ちなみに、秋山のいた「横浜市青木町」は谷助の勤務先・神奈川小学校と居宅のあった「神奈川町」にほぼ隣接しており、歩いたことがある。妻たまにとっても、初めての神奈川の地で兄秋山力が近隣におり、心強くもあったであろう。思い返せば、村山谷助・たまが京都から上京した際も、新居の神楽坂近く払方町《はらいかた》には、たまの父山本良斎の盟友、同郷岡崎の織田完之《かんし》が居を構え、たまにとって、頼りがいある人士であった。

金子氏は更に京都府立京都学・歴彩館まで調査を広げ、村山谷助の履歴を含む文書を閲覧されることになる。以下、引用する。

槐多は明治二十九年九月十五日に生まれる。谷助の神奈川小学校就職は明治二十七年六月、退職は明治二十九年十月十五日とされている。ただ、それでは槐多誕生一ヵ月後に谷助が退職する不自然さと、高知県に赴任する明治三十年十一月二十九日までの一年間、谷助は何をしていたのかという疑問が出てくる。ところが履歴に［村山谷助の］退職は、その一年後の明治三十年十月十五日とあった。そうであれば、槐多誕生の時点で一家は岡崎ではなく横浜［当時の橘樹《たちばな》郡神奈川町］に居た可能性大である。そして谷助はその［佐々木註、槐多生誕の明治二十九年九月十五日の」一年後まで小学校勤務を続けたこととなり、先の不自然さや疑問は解消する。（傍線は佐々木、前掲「一寸」八十一号所収）

谷助の神奈川小学校退職が、従来の明治二十九年十月十五日（草野心平『村山槐多』年譜、村松和明『村山槐多全作品集』年譜）ではなく、〈明治三十年十月十五日〉であることを突き止められた瞬間である。高知県尋常師範学校（佐々木註、現在の高知大学教育学部）赴任が、明治三十年十一月二十九日（草野心平同年譜）。つまり、この〈一ヵ月半〉の何日間か、残された槐多母子は途中の岡崎に一時逗留したことになる。岡崎での槐多出生という名古屋・嶺田久三氏証言が、逗留記憶の曲折ではないことを念じるばかりである。

嶺田久三氏（昭和五年生まれ、ご両親は八代嶺田俊雄・花子。七代嶺田久七・かい夫妻のご養子が俊雄）の証言は、七代嶺田久七の妻・かい（久三氏の祖母）からの口承とのことで、検証可能な〈証左〉《エビデンス》は、残念ながら存在していない。

郷土史家であった故杉浦兼次氏は、「槐多の在籍地」（『三河の句歌人』、平成十一年、愛知県郷土資料刊行会）という文の中で、平成十年六月七日、名古屋の嶺田久三氏に電話を入れている。久三氏の証言を初めて見るのは、この杉浦著であった。応答は以下のとおりである。（嶺田久三証言①）

あなたは真面目な人のようだから、今まで誰にも話さなかったことを言いましょう。槐多の

家は現在の場所でいうと、ほぼ岡崎市花崗《みかげ》町一丁目一番地です。あなたとは、そのうち会う機会があるでしょう。（傍線、佐々木）

嶺田証言は、この時点では「槐多の家」として、「出生地」とは明答していない。寄留地（仮寓した場所）とも解せる対応であった。杉浦氏は続けて、久三氏の言う「岡崎市花崗町一丁目一番地」につき、「昔の地図では、額田郡岡崎町の裏町二十四番地《ママ》に該当する」と述べられる。「昔の地図」とは後述の彩色「明治二十二年四月作成　裏町之図」（以下、〈裏町之図〉）という「地籍図」のことであろうか、それとも戦前昭和の地図であろうか。

その後、山本良斎の種痘証から〈裏町之図〉「裏町二十五番戸」が居宅と分かり、隣接する「裏町二十四番戸」は、現在の「花崗町一丁目一番地」には合致しないことに気付いた。「裏町二十四番地《ママ》」が「花崗町一丁目一番地」に該当するとは、どの資料を根拠としたものであろうか。現在の「花崗町一丁目一番地」は、〈裏町之図〉の「裏町三十四番戸」あたりで、「二十四番戸」と誤読した可能性もある。久三氏は当時、ほぼこの周辺で槐多が生まれたと答えたかったのであろうか。

〈番戸〉とは何か

「番戸《ばんこ》」であるが、意外にも詳述したものは殆どない。唯一信頼できるのが、小学館『日本国語大辞典』で、「もと、居住地を区別するためにつけた番号で、現在の番地にあたる」と解説する。ネット上では、〈「番戸」が建物への番号で「番地」は土地に対する番号〉などという解説も見かけるが、いずれも史実不詳の個人的見解であり、採用は控えたい。他方、佐藤文明『戸籍うらがえし考』(一九八八年、明石書店)には、こうある。

戸籍の戸は実際の戸ではなく、土地や建物とは無縁の「家」となり、やがてこれは人間集団の理想的なモデルとしての「家」イデオロギーを生み出していく。現実に戸が建つ土地が住所だが、観念としての「家」は土地には建たない。「家」が建つ架空の地平、これが本籍である。「家」イデオロギーが成立するためには現実の戸が「家」へと抽象化されることが不可欠だった。

とし、さらに〈分家〉についてもこう触れる。「たとえば本籍を自分の出生地だの親の出身地だのと考えたり、絶対に動かせないものだと信じてしまっている人がいる。ところが本籍を別の地に移す〈転籍〉はいつでも、何回でもやることができる。(略)また、親の戸籍から抜け出て、別の場所に自分の新しい戸籍をこしらえる〈分籍〉も可能」と述べ、「分籍は人々の家族共同体観=〈家〉意識の変更を迫る」ものだとしたのである。(佐々木註、「分籍」は「分家」と同意であろう)

『新編岡崎市史　総集編　二〇』(平成五年、同市史編集委員会編)には、「町別行政変遷一覧」が収録されている。旧〈額田郡岡崎裏町〉の変遷が俯瞰でき、参考までに「裏町」の部分を摘記する。

額田郡岡崎裏町　明治五年（一八七二）十一月二十七日～　（大区・小区制）
同上　明治十一年（一八七八）十二月二十八日～　（町村編成）
岡崎町大字裏（ママ）　明治二十二年（一八八九）十月一日～　（市町村制）
同上　明治三十九年（一九〇六）五月一日～　（町村合併）
岡崎市花崗町　大正六年（一九一七）七月一日～　（市制施行翌年）
（昭和三十二年～）岡崎市花崗町一丁目〔伝馬通一・二丁目、亀井町一丁目〕
平成三年（一九九一）九月一日現在　（現行町名）

ここで、確認できることは、前出明治二十二年四月制作の〈裏町之図〉の〈番戸（番地）〉である。大正六年十二月三十一日消印のある大正七年槐多の年賀状（福島・三重両県立美術館『生誕一〇〇年村山槐多展』図録収録）では、宛先が「岡崎市裏町乙三十一番戸　嶺田久五郎殿」となっていた。この宛先によって、少なくとも明治二十二年四月〈裏町之図〉から大正六年十二月〈年賀状〉までは、〈番戸〉表示が不変であったことが分かる。後年の地番変更より以前の〈番戸〉表記の事実は重要である。槐多存命中は少なくとも〈番戸〉は堅持されていた。

　この大正七年賀状宛先「裏町乙三十一番戸」が槐多の従兄嶺田丘造の本籍地である（昭和十四年刊、『三河知名人士録』所収「嶺田丘造」の項に記載。鈴木素夫氏のご教示による）。槐多の戸籍簿（小著『森鷗外と村山槐多の〈もや〉』登載）右上の本籍地は丘造の父嶺田久五郎家住所（妻はたまの次姉たづ）であり、そこに本籍を置かせてもらったというわけである。戦後も健在だった嶺田丘造の協力を得た草野心平『村山槐多』所収「村山槐多年譜」（日動出版部・三好寛作成）では、明治三十年の項に「当時岡崎町には、たまの次姉たづ（田鶴）が嫁いでいた嶺田家［嶺田久五郎家］があり、たまと槐多は嶺田家の隣家・愛知県額田郡岡崎町大字裏町三十一番戸乙に寄留する」とある。この記述で重要なのは、たまと槐多が寄留した「嶺田家の隣家」が「岡崎町裏町三十一番戸乙」だったことである。嶺田丘造聴取である。「三十一番戸乙」は戸籍簿では、「乙三十一番戸」だが、「乙」とは何を指すものか。母屋を「甲」として、同敷地内の隣家が「乙」かもしれない。

裏町旧土地台帳を見る

「乙三十一番戸」を離れ、前述の彩色〈裏町之図〉内「三十四番戸」にもどる。後に番戸名の上に税務署が赤字を入れたようで、黒文字の「三十四番戸」は少し見えにくい。そのため、閲覧者は「三十四番戸」を「二十四番戸（番地）」と誤認した可能性もあるとは、既に述べた。次に「旧土地台帳」の◉「花崗《みかげ》町（旧裏町）三十四番戸（番地）」を見る。

成瀬鏗太郎	空欄	空欄	空欄
嶺田久七	売買	明治廿九年二月一日	登記

嶺田久七	家督相続ニ付所有権移転	明治三十二年十月十二日	登記
嶺田かい	家督相続	大正二年九月二十二日	登記
嶺田久五郎	所有権移転	大正二年十月廿一日	登記
嶺田丘造	所有権移転	昭和十三年九月十三日	登記

この記録から、次のようなことが判る。右の「嶺田久七」が明治三十二年に没した「六代嶺田久七」（『岡崎の人物史』参照）、左の「嶺田久七」が同年に家督相続した「七代目嶺田久七」となる。

次に名古屋の嶺田久三氏の父「嶺田俊雄」所有地の、旧土地台帳を見る。◉「花崗町三十五番戸（番地）」に名前があり（俊雄氏相続の昭和三年時点では新地番か）、その「三十五番戸」の所有者名を以下列挙する。

嶺田久七	空欄	空欄	空欄
嶺田久七	家督相続ニ付所有権移転	明治三十二年十月十二日	登記
嶺田かい	家督相続	大正二年九月二十二日	登記
嶺田俊雄	所有権取得	昭和三年十一月一日	登記

以上、「花崗町三十四番戸（番地）」と「花崗町三十五番戸（番地）」の両番戸（番地）を見た。「七

代久七」死後、両番戸を「大正二年九月」に相続したのが、残された妻の「かい」であった。「三十四番戸（番地）」の方は大正二年十月、嶺田かいから、嶺田久五郎に所有権が移転しているのが見える。槐多の大正七年賀状、久五郎宛先は「乙三十一番戸」であった。従って、久五郎は、「三十四番戸」を新たに追加取得したものであろう。金子一夫氏のご教示によれば、嶺田丘造の父久五郎もまた養子であり、石屋を継がず税務署に勤めた。新たに貸家を設けたとしても不思議ではない。

次に、村松和明『引き裂かれた絵の真相　夭折の天才村山槐多の謎』（二〇一三年、講談社）に於ける、名古屋・嶺田久三氏の新たな証言（嶺田久三証言②）を見よう。

槐多が生まれるときには、空き家の古家を村山谷助にしばらくの間貸していました。そのことは、祖母（七代嶺田久七の妻）の名が「カイ」（一八七八年―一九四六年）だったことから「カイが槐に貸した」と嶺田家では後まで言われてきました。（略）そこで私は、カイ祖母さんから直接「槐多という画家が裏町の自分の家で生まれた」と聞きました。それは今でもはっきりと覚えています。やはり珍しい名前の「カイ」が「槐」は自分の家で生まれた、といったのが印象深かったのだと思います。母の花子（佐々木註、嶺田俊雄の妻）も、槐多の話に及ぶと「槐多は嶺田の家で生まれた」と言っていました。（p一五八～p一五九）（傍線、佐々木）

七十年前の証言にしては鮮明である。槐多の誕生は明治二十九年であり、前述通り、〈裏町之図〉の旧「三十五番戸」は六代嶺田久七の所有地である（のち、大正二年、嶺田かい取得）。そこに貸家があったものか。その貸家で槐多が「出生」し、「〈カイ〉が〈槐〉は自分の家で生まれた、といった」と嶺田久三氏は「相伝」を披瀝するのである。

しかしながら、台帳通り、「カイ」が夫の七代久七から家督相続するのは〈大正二年九月〉である。「自分の家で生まれた」のであれば、槐多生誕の明治二十九年時点で「自分の家」でなければならない。「カイ」が、そう「いった」かどうかの検証も必須である。齟齬が露呈するのは〈証左〉の見えぬ「口承」だからである。

昭和三年の新番地で、嶺田俊雄（名古屋嶺田久三氏の父）が相続するのが〈裏町之図〉旧「三十五番戸」である。地図上では、六代嶺田久七、七代久七所有の旧「三十四番戸」の南西に当たる。後出の村松氏『村山槐多全作品集』久三氏再聴取でも、「槐多が生まれたのは、八代目嶺田俊雄、九代目の私の家でした。七代久七の家から南西へ数戸離れた場所にありました」とあり、符合するものの、実際に「九代目（佐々木註、名古屋嶺田久三氏）の私の家」で生まれたかどうかは、別問題である。

4．森鷗外と〈横浜時代の赤ン坊〉

岡崎から再び〈横浜〉にもどる。谷助の神奈川小学校退職日が、「明治三十年十月十五日」であると判明し、「明治二十九年九月十五日」誕生の槐多は、ちょうど〈満一歳〉を過ぎた頃になる。そこで思い出されるのが、〈槐多の弟・村山桂次の回想文「槐ちゃん」〉であろう。槐多死して五年後の「アトリヱ」大正十四年三月号所収の追想集「村山槐多を憶ふ」に初めて掲載された（のちに『村山槐多全画集』に収録、一九八三年、朝日新聞社）。この回想文は思いのほか目に付かないためか、殆ど知られていない。繰り返し紹介させていただくことをお許し願いたい。

> 森鷗外先生から名前を聞かれて「ウマンマンマンカイタ」と答へて笑愛（ママ）された横浜時代の赤ン坊が、何でもかまはず手あたり次第に家の前の小川の中にたたき込んだ四国時代の腕白小僧になつたまでは、時折りの母の一つ話としてポツポツ聞かされる位のもので（略）（傍線、佐々木）

この文に出会った頃、事の重大さに気付かず、〈森鷗外〉が出てきたことに唐突さを覚えたものであった。槐多の母が鷗外の新婚家庭に出向いて仕えたことなど、脳裏に仕舞っていたからである。「鷗外の新婚家庭」とは、

〈明治二十二年三月〉、「西周《にしあまね》の媒酌により、海軍中将男爵・赤松則良の長女・登志子と結婚」したことを指す。ところが、翌年の、
〈明治二十三年九月〉、「長男・於菟誕生」するも、「妻・登志子と離婚」。その後、
〈明治三十五年一月〉、「判事・荒木博臣の長女・茂子（しげ）と再婚」するまでは、鷗外は単身であった。（『明治の文学第14巻　森鷗外』年譜、二〇〇〇年、筑摩書房）

つまり、この鷗外と槐多の挿話は、「明治二十二年の初婚時から、明治三十五年の再婚に至る」鷗外両婚間〈単身時〉の出来事でもあったのである。

回想文を見よう。弟の桂次は「時折りの母の一つ話」と断りつつ、「森鷗外先生から」「笑愛された横浜時代の赤ン坊」に触れている。故村山太郎氏のお手紙によれば、「父の桂次はおばあさん（たま）とは長い間いっしょだった」という。様々な記憶が披露されたことであろう。兄への愛に溢れた追想「槐ちゃん」であるが、いつごろの挿話なのかと考えてみる。文久二年（一八六二）生まれの鷗外は、明治二十九年槐多生誕当時は、まだ〈三十四歳〉の若さであり、青年の俤《おもかげ》を留めていた。鷗外の槐多誕生前後の軌跡を辿ってみる。

〈明治二十七年八月〉、日露戦争で中路兵站軍医部長に任ぜられ朝鮮半島に渡る。十月、第二軍兵站軍医部長となり、十月出征。
〈明治二十八年四月〉、陸軍軍医監となる。八月、台湾総督府陸軍局軍医部長となる。九月、解

任、帰京。十月、陸軍軍医学校長に復職。
〈明治二十九年九月十五日、村山槐多出生〉。
〈明治三十二年六月〉、陸軍軍医監に任ぜられ、第十二師団軍医部長となり、小倉に単身赴任。
〈明治三十五年一月〉、判事・荒木博臣の長女・茂子（しげ）と再婚。三月、第一師団軍医部長となり、帰京。

（以上、前掲書「年譜」参照）

明治三十二年六月、小倉赴任の前に、槐多一家が高知転勤に向け神奈川を発つのは、少なくとも父谷助が神奈川小学校を退職後、高知に赴任するまでの〈明治三十年十月十五日〜十一月二十九日〉の間で、〈一ヵ月と二週間〉ほどである。当時槐多は〈満一歳〉を迎えている。

こうした経緯から、鷗外が槐多と触れ合うのは、少なくとも〈出生以降の明治二十九年九月から谷助高知赴任の明治三十年十一月頃までの間であり、更には鷗外小倉赴任の明治三十二年六月まで〉と劃せば、槐多一家の、分家を伴う四国高知への遠隔転勤（左遷か）が契機であったとも推量できる。しかし、鷗外は日記に触れていない。

鷗外が任を解かれ、九州から帰京した明治三十五年三月以降では、槐多は〈五、六歳〉となり、「赤ン坊」ではなくなる。その二年前の明治三十三年五月、父村山谷助は高知から京都府立第一中学校（現、洛北高校）へと再転勤するが（草野心平『村山槐多』年譜）、鷗外は九州小倉在勤のままである。

想像に過ぎないが、分家転勤という事態によって、鷗外新婚時に仕えた村山たまは、横浜から初産の槐多を連れ、四国転居の挨拶がてら「三十四歳」くらいの鷗外を観潮楼に訪ねたものか、鷗外自身が近在まで来たかのいずれかであろうか。鷗外盟友の原田直次郎（明治十九年三月、鷗外を知る）が同じ橘《たちばな》樹郡の子安《こやす》村に転居するのは、明治三十一年（図録『原田直次郎』年譜、二〇一六年、青幻舎）であり、槐多一家の土佐移住後である。鷗外日記に記載はないが、森鷗外の〈笑愛〉は、横浜転出前の〈わが子のような赤ン坊〉との光景なのである。鷗外にとっては、新婚時代に仕えた「たま」もまた身内の一人であった。

5. 横浜からの帰郷出産は事実か

他方、出版元からご恵送下さった前掲学芸員氏『引き裂かれた真相』であるが、岡崎出生をこう記述する。（p一五六～p一五八）

横浜から帰郷したたまが、嶺田家の貸家に移り住んで、親戚の力を借りながら出産の準備をしたのが槐多出生の二週間ほど前の九月三日で、その折に岡崎の役場で、村山家の戸籍を作り、同時に婚姻届を提出。その二週間後の九月十五日、たまは槐多を出産して、その貸家で岡崎に帰る谷助を待った。谷助は槐多が生まれてからちょうど一ヵ月後の十月十五日に、横浜の教職を依願退職しているが、横浜から妻と嬰児槐多が待つ本籍地、岡崎へと向かったのであろう。

（略）

それらのことを考慮して整理すれば、槐多が岡崎の嶺田家の貸家に生まれてからちょうど一ヵ月後に、谷助は横浜の教職を依願退職して岡崎に行った。それから谷助が高知に赴任するまでの九ヵ月間、つまり槐多が新生児としても安定する月齢九ヵ月に達する頃までは、村山家の三人は、裕福であった親戚、嶺田久七の「岡崎町大字裏町乙三十一番戸」の家に身を寄せて住んだと考えれば自然な流れとなる。（傍線、佐々木）

ところが、父谷助の神奈川小学校退職日は、〈明治三十年十月十五日〉と判明した。村山槐多生誕の明治二十九年九月十五日から、〈一年一ヵ月後〉である。学芸員氏の右記述では、槐多誕生の〈一ヵ月後〉の依願退職後、谷助は岡崎の母子の元に向かい、親子三人で高知赴任までの九ヵ月を岡崎で過ごしたという推察である。

学芸員氏の「新生児としても安定する月齢九ヵ月に達する頃まで」を適用するならば、すなわち、明治二十九年九月の生後、親子三人は槐多が「新生児として安定する月齢九ヵ月に達する頃まで」は、〈横浜にいた〉と考えるのが「自然な流れ」となる。

参考までに、明治二十六年当時、神奈川町の病院は無院ながら、横浜には八院もあった。神奈川町には助産婦（産婆）も少なからずいたのである（『神奈川縣統計書』、明治三十六年）。新訂谷助退職日によって、同年七月八日に尋常中学校地誌科免許を取得したのは横浜と分かる。明治三十年十一月十一日の尋常師範学校地誌科教員免許取得は高知かもしれないが、二週間後の明治三十年十一月二十九日には、高知県尋常師範学校（現、高知大学教育学部）教諭となり、一家は同県土佐郡小高坂村四一五番屋敷に転入する。

つまり、村山谷助の神奈川小学校退職から高知尋常師範赴任までは〈九ヵ月間〉ではなく、わずか〈一ヵ月と二週間〉であった。その短い期間の何日か、岡崎に寄留したのである。

学芸員氏は、単なる逗留ではなく、帰郷して「嶺田家の貸家」で出産したとする。嶺田丘造聴取を含む年譜（草野心平『村山槐多』）では「嶺田家の貸家」ではなく「隣家」が寄留先であった。前述のように「嶺田家」とは戸籍簿通り、村山谷助の分家による新「本籍地」、嶺田久五郎家（岡崎裏町乙三十一番戸）を指す。その「隣家」は「貸家」とは限らない。「旧土地台帳」より、◉「裏町（→花崗町）三十一番戸」の所有者履歴を以下に記す。

畔柳つね	空欄（登記事象）	空欄（登記年月日）
畔柳もと	家督相続	明治廿五年六月廿一日
畔柳忠雄	空欄	明治三十二年三月二十七日

（以下、略）

旧台帳によれば、槐多誕生の明治二十九年時点では、「三十一番戸」が嶺田久五郎の所有ではなく、畔柳《くろやなぎ》もと（明治二十五年に家督相続）所有と分かる。当時の嶺田久五郎宅は借地上の借家であった可能性もある（後年取得か）。高知への途次、嶺田久五郎宅の隣家に仮寓したが、出産の事実はない。嶺田丘造は明治二十年九月十七日生まれ（『三河知名人士録』）で、槐多出生の明治二十九年九月十五日時点ではほぼ満九歳である。嶺田久五郎、たづ（槐多の母たまの次姉）の両親と同居していた。当時小学三年生。物心は付いていよう。父久五郎（甲）の住む、同敷地内の隣家（乙三十一番戸）での出産であれば、当然気付くはずである。

〈故郷喪失者〉の寄留地でもあった本籍地

この「本籍地」であるが、明治二十三年刊、市岡正一編纂『戸籍事務取扱心得』（博行館、初版明治二十二年）なる書がある。その中に、「戸籍増減加除異動及寄留者出入退去届出」という項がある。

凡ソ出生、死去、婚姻（略）分家（略）、出入寄留、寄留者退去等其他戸籍及寄留簿ノ増減加除異動ニ関スル諸件ハ本籍ナルト寄留ナルトヲ問ハス（ママ）本籍並ニ寄留地ノ市町村長ニ届出ルべキモノトス（傍線、佐々木）

〈戸籍用紙雛型〉も図示されており、雛型右端上部には「此ノ欄ニハ住所ヲ記ス」とあり、下部右欄は「此の欄内ニハ身分ヲ記ス」、下部左蘭には「此の欄ニハ前戸主ヲ記ス」と書かれている。本籍地に送付（送籍）できたことはすでに述べた（『村山槐多のトアール』所収）。

槐多の本籍地「額田郡岡崎裏町乙三十一番戸」は嶺田久五郎家の住所内であったが、右に見たように、この届け先は特異な事情も孕《はら》む。〈分家〉により本籍地酒田を喪失した村山谷助と、父山本良斎の〈破産・上京〉で生家（岡崎裏町二十五番戸）を喪失した妻のたま、という、〈故郷喪失者〉同士の届け出先でもあったからである。その上、一家には〈高知転居、槐多出産〉という〈二重の負荷〉が加重する。これでは、〈分家届け〉ならぬ〈寄留者届け〉となりかねず、〈出生届け〉どころではなかったであろう。

6. 鷗外九州左遷時に〈ウマンマンマン〉はなく

学芸員氏の想像であるが、母たまが谷助より先に岡崎に帰郷して槐多を出産し、横浜から高知に赴任する谷助を待ったと仮定してみよう。

その場合には、前述した森鷗外が東京から西下しなければ、岡崎生誕の「赤ン坊」槐多を見ることはない。名前を訊《き》いて「ウマンマンマンカイタ」という幼い発声に、三十代半ばの鷗外は「笑愛」したのだから。

苦木虎雄による『鷗外研究年表』(二〇〇六年)がある。この詳細な足取り調査を俯瞰しても、西下した鷗外の岡崎来訪や槐多母子との面会は見当たらない。後年には鷗外による「上田敏、瑠璃子、村山某、其二子」(京都停車場、明治四十二年)や、同日夜の「軍人の外上田敏、村山たまと其子」(京都の俵屋)という記述が見えるにもかかわらずである。(傍線、佐々木)

鷗外新婚時代に仕えた母たまと、明治二十八年九月に台湾から帰京した林太郎が久しぶりに会い、初産の槐多を見て「笑愛」するのは、槐多親子が土佐転勤のために横浜を離れるそれ以前であろう。

今、「鷗外が西下しなければ、岡崎の〈赤ン坊〉槐多を見ることはない」旨記した。少し補足が必要である。鷗外は西下する。「明治三十二年七月」の東京から九州小倉への「理由不明の」突然の不本意な左遷がそれである(明治三十五年三月まで)。

元森鷗外記念館長・山崎一穎《かずひで》氏によれば、「鷗外はこの転出を左遷と受け止めて」おり、「鷗外の医学上、文学上の名声、部下の信頼の厚さに対する医務局上層部の嫉妬と反感に起因していたと思われる」とされる。九州小倉での前任者は、大学の同級生・江口襄で、「小説家・江口渙《きよし》の父」であった。(山崎一穎『森鷗外　明治人の生き方』、二〇〇〇年、筑摩書房・ちくま新書)

鷗外は明治三十二年六月、「陸軍軍医監に任ぜられ、小倉第十二師団軍医部長を命ぜられる。東京美術学校、慶応義塾の各講師を辞して小倉に赴任し、同市鍛冶町八十七番地の借家に住む」

ことになったのである。（竹盛天雄「森鷗外年譜」、池澤夏樹他著『群像日本の作家2・森鷗外』所収、一九九二年、小学館）

鷗外小倉赴任の途次（明治三十二年六月）に於いて、槐多母子がなお「岡崎」に残留していれば、〈二歳九ヵ月〉の我が子を連れて、見送ることも可能である。鷗外日記を見てみよう。新橋から小倉への出発・到着迄をこう記す。

〈明治三十二年六月十六日〉午後六時新橋を発す。（略）

〈明治三十二年六月十七日〉午《ひる》に近づきて大坂《ママ》道修町花房に投ず。桐田瀌来り訪ふ。夜菊池常三郎、緒方収二郎と灘萬に飲み、帰途中嶋朝日軒に遊ぶ。（略）

〈明治三十二年六月十八日〉朝七時二十四分大坂を発す。菅野順、林徳門及緒方送りて停車場に至る。（略）岡山を過ぐ。井上通泰、荒木、有森等停車場に至りて相見る。夜徳山に至り、船に上る。

〈明治三十二年六月十九日〉午前三時門司港に至る。小倉に至りて、黒木、井上、仲木の三将官、川俣監督監等を訪ふ。達見に投宿す。（略）

鷗外は途中、大坂《ママ》にて一泊してくつろいでいる。しかるに、日記には村山母子の姿はない。ここで、槐多の戸籍謄本に目をやると、鷗外出発の前月に弟の村山桂次が四国で生まれたことに気付く。明治三十二年五月二十七日、桂次は「高知県土佐郡小高坂村四一五番屋敷」に出生する。鷗外が東京新橋を発つ二十日前である。

しかも、長兄槐多は〈二歳九ヵ月〉の嬰児である。たまは〈二人の幼児〉を抱えていた。これでは、鷗外の見送りに四国から駆け付けるのは到底無理である。鷗外も、たまの事情は推察できた。以上から顧慮すれば、鷗外の西下に際して、槐多母子が見送りに出向いたとは考えにくい。鷗外は〈赤ん坊槐多〉を左遷される小倉への西下時には見てはいない。

〈ウマンマンマンカイタ〉を読み解く

鷗外から名前を訊かれた「ウマンマンマン」槐多は、母たまに負んぶされていたか、抱っこされていたかのどちらかであろう。岩淵悦太郎、波多野完治他による、『ことばの誕生　うぶ声から五才《ママ》まで』(日本放送協会、昭和43年)なる書がある。

「1　成長の記録」(執筆・内藤寿七郎、滝沢武久)の所で、「満一歳のころ」には、「庭のぶどう棚のほうに、窓から身を乗り出して、ぶどうをとることを要求します」「このように、「ンマンマ」「ンマンマ」といって、(中略)とかの音が、意味あるものとしてあらわれ出しました」とある。

「2　声の生理」(執筆・切替一郎、沢島政行)の項では、「七〜八か月になると」「いろいろな喃語［アー・ウー語］を発したり叫んだりするほかに、物音や〈話しかけたことばをまねて繰り返す〉ようになります」「〈満一年〉の誕生日を迎えるころには、食べ物を指して〈「マンマ」あるいは「ウマ」〉などといいます」とされ、

「3　ことばと大脳」（執筆・時実利彦）の項では、嬰児が自分のことを〈自分の名前〉で呼ぶ場合は、「一歳で十七％、一歳半で三十八％、二歳で七十二％」（傍線、佐々木）

と報告される。槐多の「ウマンマンマンカイタ」とは、おそらく〈一歳〜二歳〉頃の発声であることが分かる。槐多は明治二十九年九月生まれだから、〈満一歳〉時点で明治三十年九月十五日、〈満二歳〉では明治三十一年九月十五日となる。とすれば、やはり森鷗外が、九州に赴任するそれ以前の発声である。

鷗外九州赴任時の明治三十二年六月以前の、父村山谷助の神奈川小学校退職日、明治三十年十月十五日頃にもほぼ重なる。父は槐多が安定した〈満一歳〉を迎えた頃を見計らい、退職した。怒ると卓袱台《ちゃぶだい》返しをしたという谷助だが、妻子に配慮した冷静な判断をしていることに気付く。その谷助の高知県尋常師範赴任は、明治三十年十一月で、一家は土佐に転入する。「ウマンマンマンカイタ」は、新天地の高知でもなく、鷗外の小倉赴任の途中の発声でもない。

《カンナと少女》と〈ウマ　ウマ〉

随分前に《カンナと少女》のモデル故草間雅子さんから、亡くなったご長男の『草間暉雄《てるお》遺稿

集』（津野海太郎、平野甲賀他編、非売品）を頂いた。巻末の「草間暉雄年譜」の中に、雅子さんによる愛息への回想が見える。

昭和十二年四月三日、（略）暉雄は生まれた。柔らかい髪と、大きな瞳を持った赤ん坊であった。（略）青い木綿の服を着た満人の娘にお守をして貰って、ウマ　ウマの次に覚えたのは、来々《ライライ》という言葉である。（傍線、佐々木）

とあった。暉雄さんも、二十五歳の若さで早世された。そして妹さんは著名な女優・草間靖子さん（劇団民藝）となり（参照、戸板康二『物語近代日本女優史』）、のちに俳優・山形勲氏子息と結ばれる。末弟は草間喆雄《てつお》氏。暉雄さんの一番早く覚えた言葉が、槐多の「ウマンマンマン」に通じる「ウマ　ウマ」だったという偶然の暗合を見る。

7.〈二様化〉した岡崎出生説の行方

弟桂次のいう、鷗外から笑愛（ママ）された「横浜時代の赤ン坊」槐多は、両親とともに高知への途次、母の郷里岡崎に向けて旅立った。

嶺田丘造の回想「山本鼎と村山槐多」（「学友」第六号所収、昭和三十八年三月、愛知県立岡崎高校）

を再度思い出したい（丘造は槐多の従兄で、戦後は東京新宿区の在住であった。筆者は中井のご自宅で、長女の嶺田雪子さんからお話を伺い録音したことがある）。

槐多は神奈川でうぶ声をあげ、（略）父村山谷助が、神奈川で学校の先生をしていた当時、神奈川で生まれましたが、谷助が土佐の海南中学の教師に転任したとき、母タマと岡崎にきて、永く私の家におりました。村山の籍が、私の家にあったのは、これが原因で［す］。

（傍線、佐々木）

のちに確認できたが、右の丘造の回想は思いのほか正確なものであった。槐多の生まれた「神奈川」の居所は、横浜市の現在の「神奈川区」内神奈川町としか確認できないが、谷助の神奈川小学校は確認できる。丘造の記憶では、谷助が母子を岡崎に残して土佐に着く。「（槐多は）母タマと岡崎にきて」逗留し、「永く私の家におりました」「村山の籍が、私の家にあったのはこれが原因で［す］」と書く。「私の家」の隣家「岡崎町裏町乙三十一番戸」が「村山の籍」（分家先）だった「原因」を述べている。作為はない。

その隣家で、妹たまが槐多を初出産すれば、当然次姉のたづ（嶺田久五郎の妻、旧姓山本）は援助を惜しまなかったであろう。後に一高、東大、高文試験、大蔵省と駆け上がる夙成《しゅくせい》な嶺田丘造も同様である。丘造の母たづは、槐多の母たまの実の次姉なのである。

その丘造に対して、「まだ九歳だから知らなかった」（名古屋の嶺田久三氏）と断言するが、「両親も岡崎で生まれ、昭和七年まで岡崎におりました」（嶺田丘造、前掲「山本鼎と村山槐多」所収）と述べ、経緯は気付く。同地には親族もいる。明治二十年生まれの嶺田丘造は、明治三十年代後半の一高進学まで自宅にいたのである。槐多が岡崎生まれなら秘匿する理由はない。城下町三河岡崎は、丘造にとっても誇りある街であった。

そもそも、鉄道もしくは船旅で、流産の危険を冒してまで何ゆえに横浜から岡崎に帰らなければならないのか。当時三河地方では疫病も蔓延していた。実家に帰っての出産という慣習があったにせよ、弟の桂次は、親族もいない土佐の小高坂村での出産である。

そうした岡崎出生自体が仮構であり、高知への途次親子が一時寄留（仮寓）しただけならば、従兄嶺田丘造には誕生記憶など降臨するはずもない。

近年、右の従兄嶺田丘造の回想を顧慮せずに、生地を〈横浜〉から〈岡崎〉へと改変させたが、それとは裏腹に岡崎出生説は更に〈二様化〉していることに気付く。再度重複をお詫びしつつ、確認のため学芸員著『引き裂かれた絵の真相』を引く。

槐多の出生届の二週間ほど前の九月三日に村山谷助は、分家してたまを入籍、たまの実家、山本良斎宅（岡崎町裏町二十五番戸）の近隣の地（岡崎町裏町三十一番戸）に本籍を置いていた

のである。（p一五五）

ではその谷助が筆頭戸主となって本籍を置いた岡崎の土地の所有者は誰か。それは親戚にあたる嶺田家であった。山本家の次女、田鶴が嫁いでいるから、たまの姉の家ということになる。（p一五五）

槐多の出生地は「愛知県額田郡岡崎町大字裏町乙三十一番戸」と届けられているが、これは嶺田久七の所有する土地であった。嶺田久七は、裕福であったことから、村山家の本籍を置く場所を引き受けて、空き家を、村山家におおよそ一年ほど貸与し、出産準備も整えたと考えられる。（p一五六）

他方、名古屋の嶺田久三氏は『村山槐多全作品集』の「再聴取」（p四一五）で、こう述べる。（嶺田久三証言③）

村山槐多が生まれたのは、八代目嶺田俊雄、九代目の私の家でした。七代久七の家から南西へ数戸離れた場所にありましたが、「槐多が生まれたのはこの家」と母の花子と祖母のかいから直接聞いていました。嶺田家では「かいが槐に貸した」と長らく伝えられてきたことで疑いの余地はありません。嶺田丘造は槐多が横浜で生まれたと相伝のままに語っていますが、彼は分家の生まれで少し離れた家に住んでいましたし、槐多出生当時はまだ九歳、当家で生まれたことを知らなかったのでしょう。横浜生まれをいくら検証しても、槐多の出生に関するものが何ひとつ出てこないのは当たり前です。槐多は岡崎の私の家で生まれ、その三十四年後私自身も同じ家で生まれたのですから。真実はしっかりと後に伝えてゆくべきです。（傍線は佐々木、二〇一九年四月一日、村松氏再聴取の全文）

と「相伝のままに」「横浜生まれをいくら検証しても、槐多の出生に関するものが何ひとつ出てこないのは当たり前です」とされる。両者のお話を整理すれば、①学芸員氏は、槐多が「戸籍簿登載のたづの嫁ぎ先嶺田家」が所有していた「岡崎の隣家」で生まれたとし、他方、②名古屋の嶺田久三氏は「八代目嶺田俊雄、九代目の私の家」で槐多は誕生、私もそこで生まれたと主張するのである。

事象は混線している。村山家の新本籍が、嶺田久五郎宅「裏町乙三十一番戸」で、学芸員氏はその土地所有者は「嶺田家」「たまの姉の家」とし隣家の「空き家」で、槐多が誕生した、と説くのである。

然しながら、前述のように、旧土地台帳の「三十一番戸（地）」は、一貫して嶺田家以外の所有者であり、嶺田家は所有していない。故に、当時の嶺田久五郎宅は借地上の借家とも推量できる。

他方、名古屋の嶺田久三氏の自説は、「八代目嶺田俊雄、九代目の私の家で」「村山槐多が生まれた」というものである。

前掲、旧土地台帳によれば、久三氏の父嶺田俊雄が七代嶺田久七の妻かいから相続するのは昭和三年（当時は新番地に改変か）、旧「花崗町（裏町）三十五番戸」である。明治二十二年の〈裏町之図〉に於いて、槐多の従兄嶺田丘造宅が旧「三十一番戸」で、名古屋嶺田久三氏の実家が旧「三十五番戸」ならば、丘造が「少し離れた家に住んでいました」とするのは理に叶う。しかしながら、だからと言って、丘造が「知らなかった」ことにはならない。

岡崎出生の当否はさておき、村山家戸籍本籍地（分家住所）を嶺田久五郎宅「裏町乙三十一番戸」にしたことにより、高知転入までは本籍地で逗留と考えるのは自然である。繰り返すが、久五郎の妻たづは、槐多の母・たまの次姉である。たまの兄弟姉妹の中で岡崎に姉たづがいればこそ、たづの家の隣家を夫村山の本籍地（分家先）とした。いずれにせよ、同本籍を得たのは母たまの力であり、三河とは無縁の谷助には叶わぬことであった。戸籍筆頭者の村山谷助が〈士族〉から〈平民〉に鞍替えした理由が推察される。

今、時系列に村山夫婦の〈転期〉を見る。①東京から神奈川への転勤婚姻には、横浜青木町にいたたまの〈次兄秋山力〉が、②高知への転勤途中逗留分家については、たまの〈次姉たづ〉が、③京都から東京神楽坂への転居時には、〈父山本良斎の盟友織田完之〉といった信頼ある人士が、節目ごとに立ち現われ、ことごとく、たまを支えたのである。

こうして戦後も八十年に近い今、槐多の生地は、横浜・岡崎と〈二極化〉し、岡崎出生説も実態は〈二様化〉された。

先年長逝された青木茂氏（元町田市立国際版画美術館館長、元跡見女子大学教授）に、小著『森鷗外と村山槐多の〈もや〉』をお送りしたところ、「岡倉天心の出生地もまた二説に分かれていて、正すのに少し時間がかかります」という主旨の礼状を頂いた。〈エビデンス〉の不在がそのままであれば、「時間がかかる」ことも想定せざるをえない。

8. 作家・稲垣眞美氏の〈横浜〉証言

作家の稲垣眞美氏は、大正十五年生まれ。村山槐多の母校京都府立一中卒業、東大大学院美学美術史学科修了。草野心平『村山槐多』にも協力されていた。四年前の槐多の命日、「神奈川新聞」（二〇二〇年二月二十日号）「文化」欄に「村山槐多と横浜」という短いエッセイが発表された。

横浜を終の棲家とした村山たま

槐多の死後、玉子（佐々木註、槐多の母たま）は東京・四谷から横浜の弘明寺《ぐみょうじ》に移り住み、花街で長唄三味線を教えた。偶然だが、日本画家の片岡球子が昭和初年、同じ弘明寺の市立大岡小学校で美術を教えていた時、教え子に玉子の孫（槐多のおい）がいたのが縁で、その長唄の弟子になる。「槐多の玉子氏」を描いたスケッチもある。

片岡が「横浜をついのすみかとなさったわけは？」と尋ねると、玉子は「槐多を生んで育てたところですもの」と答えたと、女子美術大学で片岡の教え子だった女性は語った。

稲垣氏は前年にも、京都の雑誌「流域」八十四号（二〇一九年四月二十五日号）で、「後世（校正）怖るべし　村山槐多の正しい生地は横浜市神奈川町」という一文を書かれている。

（『日本国語大辞典』〈村山槐多〉の項目執筆者は）この項目の執筆に当り、一九六〇年代には健在であった村山槐多の小、中学の同級生や、槐多の母たまを知る女子美大教授時代の片岡球子氏にも取材して、事実を確かめて執筆とまとめが為された、とのことであった。取材に同道した編集者の話では、槐多と京都の小、中学での同級だった後の裁判官、医師、大学教授だった友人たちは、槐多が「お前ら京都生れは海を知らぬだろう。おれは横浜生れだから海を知ってる。海の水で産湯を使ったようなもんだ」と小学校時代から威張っていたと話した。（略）

三味線のけい古を通じて、ともに杵屋の名取の槐多の母たまと、片岡さんはたちまち意気投合し、「槐多の玉子氏」の三味線弾く姿のスケッチも生まれたのだが、あるとき片岡さんが、「それにしてもどうして横浜の弘明寺《ぐみょうじ》に住居をお決めでしたの」と聞いた処、たまは即座に、「横浜には親戚の医者もおりましたし、何てったって初めて世帯をもち、槐多を生んだところですからね。それに花街で芸者衆にでも長唄教えるんでないと、干上《ひあ》がっちまいますもの」とサバサバ答えたという。

村山たま（明治九年八月〜昭和十九年二月）の終《つい》の棲家が、帰還した横浜の弘明寺《ぐみょうじ》であったことが述べられる。近くの井土ヶ谷には、たまの弟・山本競《きそふ》もおり、「ついのすみか」を京急井土ヶ谷の隣駅弘明寺としたのかもしれない。競の子息夫妻をお訪ねしたこともあった。たまは岡崎に出生。以後、岡崎、東京、横浜、高知、京都、東京、横浜という円周を描くような足跡を残した。太平洋戦争下の最後の居場所は、岡崎でも東京でもなく横浜だったのである。

9．画家槐多の淵源と鷗外そして〈横浜〉

以上、槐多と鷗外との接触を敷衍して、槐多の岡崎出生説を再考し、〈横浜〉出生への方位をにじませつつ、鄙見を述べた。ここでは〈出生地〉から村山槐多の〈画家としての源流〉に転じて、試論を重ねてみる。

私は小著『森鷗外と村山槐多の〈もや〉』の最後の方で、『岡崎市医師会史』（昭和四十八年、岡崎医師会）なる書を取り上げ、その中で医師「三宅洪庵」について、少し触れたが、再度その項を引く。

岡崎藩が医を遇するに厚かった例として、三宅洪庵（高古）の話を述べよう。天保弘化年間に活躍した医師であるが、非常に裕福で、諸国からくる修業者を数か月、ながい場合は数年も家に泊らせ武芸にはげませた。弘化元年（一八四四）生まれの万世（加茂郡重田和《しげたわ》村出身）という娘が、十三歳のときに、彼の家へ子守りとして来ていて狂犬に手をかまれてしまった。しかし殊勝にも、背負った子供を離さずに守り通した。洪庵はこれをたたえ、万世を養女として山本良斎（山本鼎（画家）の祖父、桂小五郎（木戸孝允）、織田完之と交友があった）に嫁さしめその子孫は繁栄した。

岡崎藩の医に対する厚遇は、藩士に厚いのであって、藩士が病気になると、その負担の半額は藩主がしはらったという。

三宅洪庵は書をよくし、とくに草書に秀でていたという。また絵も好んで描いた。妻は梅村友鷗の女《むすめ》である。その子息三宅董《とう》太郎は西南役に戦功があったが、明治十一年（一八七八）十一月任地金沢で病没した。（傍線、佐々木）

以上であった。

万世の出身地は重田和村か

故人となられたが、ある編集者からは、「特に右の箇所」についての感想を頂いていた。私は、二十年以上前に岡崎を訪ねたことがある。とある古書店で、函入りの『岡崎市医師会史』を入手した。山本良斎が思い浮かんだからである。ところが、右の『医師会史』の中に、「万世《ませ》（重田《しげた》和《わ》村出身）という娘が、十三歳のときに、彼（佐々木註、三宅洪庵）の家へ子守りとして来ていて（略）、万世を養女として山本良斎に嫁さしめ」と、記述されている件《くだり》があった。ご親族から閲覧した資料では、「養父良才妻」〈山本ませ〉（平仮名）について次のような記載が見える。（傍線、佐々木）

弘化元年七月九日生
安政六年六月十日当縣額田郡桑原村　高田新六長女入籍ス
明治廿二年十月二十八日　夫良才ニ従ヒ分家ス

となっており、夫の〈山本良才〉については、

天保八年十二月十五日生

明治五年二月五日退隠ス
明治廿二年十月二十八日　当縣額田郡岡崎町大字裏［町］貳拾五番戸へ分家ス

〈ませ〉のほうは、十三歳の時に三宅洪庵のもとに子守りとして来たとすれば、安政四年（一八五七）の頃となる。生誕の弘化元年は一八四四年である。ところが、新資料では、安政六年（一八五九）には、桑原村の高田家長女として入籍（養女か）しており、高田家の養女（佐々木註、高田ませ、当時十五歳）になったとすれば、子守りに出向く必要はなくなるとも思われる。「十三歳時」に三宅洪庵のもとに子守りとして住み込んでのち、〈高田ませ〉としてひとまず高田家の養女になったのであろうか。

ませが、山本良才と正式に結ばれるのは、資料にある良才分家時の「明治二十二年十月二十八日」で、一八八九年となり、四十五歳時の入籍も考えられる。

三宅洪庵から更に遡る

ところで、引き続き「三宅洪庵」について書かれた三河の戦前「人物誌」資料（『をかさき』、大正十一年、岡崎市役所、岡崎商業会議所）を見付けた。新たに知ることのできた内容もあり、ここに記す。（佐々木註、以下旧漢字は新漢字に訂正した）

◉三宅洪庵（一八〇五～一八七九）　岡崎藩士、名は道淵、通称理兵衛、洪庵又は乙林と号す、幼より同藩士柳瀬市郎左衛門に就き書法を学び、後江戸に在りて市川米庵に学び、筆力健勁なり、また岡崎に帰りて画を達堂に学び人物に巧たり、嘉永六年者頭に任じ籏奉行の職を奉じたり、明治十二年歿す、年七十五。

と紹介されている。紹介文の中に「岡崎に帰りて画を達堂に学び」とある。「達堂」とは「石川達堂」のことである。達堂も同書で履歴を紹介されており、以下列挙する。

◉石川達堂（一七八〇～一八五九）　名は平直、字は君義、貫河堂と号す、幡豆郡横須賀の人、年少京に遊び、岸駒に就いて画を学び得る所多し、帰りて家を岡崎祐金に移す、性恬澹他の嗜好なく、作画の傍詩を賦して楽む。安政六年七月歿す、年七十有九、其著三河国名勝志は、未脱稿なれども、有益の好著述なり。
なほ石川九峯、鷹部屋春鳩等の画家あり。

石川達堂は、貫河堂とも称したが、若き日に京都の岸派の岸駒《がんく》に学んだ。絵や詩にも才能を示し、岡崎に帰郷後は、多くの門弟を生み出したようである。絵や書に長けた三宅洪庵（乙林）のもとに子守りとして住み込んだ万世だったが、洪庵からの影響を強く受けたと思われる。万世も

書に堪能であった。万世から三宅洪庵（乙林）を経て遡れば、

万世→三宅洪庵（乙林）→柳瀬市郎左衛門（書）→市川米庵（書）→石川達堂（画）←岸駒（画）

となる。洪庵は岸駒に直接学んだことはなかった。画の師であった石川達堂が岸駒の門下であったことは、岸駒の画風からも間接的に影響を受けたことになる。

万世が三宅洪庵から薫陶を受けたのはいうまでもなく、後に万世は種痘医の山本良斎と結ばれる。その孫として、詩人画家村山槐多が生まれるという構図の背後に、〈血〉というものが幻視される。村山槐多から、三宅洪庵を更にさかのぼり、ひとまず京の絵師・岸駒へと辿り着いた。そんな幻覚を覚える。

〈医家の家系〉槐多と鷗外そして〈横浜〉

しかし、忘れてならないのは、槐多は〈医家の家系〉に生まれていることである。父方の山形酒田には、〈門山周智〉（佐々木註、代々門山家は酒田松山藩の典医）が、母方の岡崎には〈山本良斎〉が、そして両者の間に〈森鷗外〉が聳立する。森家には槐多の母の兄弟のうち、長女・山本たけ（後には、たけの子息・山本鼎も出入りした）、次兄・秋山力（旧姓山本）、三女・山本たまが仕え、鷗外にとっては身内同然となった。

鷗外はドイツで衛生学を修めるため、明治十七年八月二十四日、横浜港から出発する。四年後、ドイツで知り合ったエリス（エリーゼ）が鷗外を追って来日する（明治二十一年九月十二日）のもここである。帰国するエリーゼを見送りに横浜糸屋に投宿したのは、同年十月十六日。「永遠の別れ」となった（参照、金子幸代「原田、エリーゼと別れた横浜」、『鷗外と神奈川』所収、神奈川新聞社）。

そこはかつて〈西波止場〉と呼ばれた場所である。総長五六二・四メートルもの大桟橋《おおさんばし》架設工事は、明治二十五年十一月着工し、明治二十七年三月竣工した。鷗外はのちに横浜市歌を作詞し、明治四十二年七月、大桟橋東側での開港記念五十周年祭に参列、初めて自ら作詞した市歌の演奏を聴いたという（「桟橋、鉄桟橋、大さん橋」、志澤政勝『横浜港ものがたり』所収）。

鷗外家で玄関番もした秋山力は、前述のように槐多の父谷助（当時は溪輔）と小学校の元同僚で、のち横浜青木町に住む。谷助には、妹たまと神奈川小学校勤務の職を紹介したとも推察でき、二人はお隣の横浜神奈川町で結ばれる。赤ん坊槐多は、三十代半ばの鷗外に笑愛される。その槐多も鷗外と軌を一にするように、〈医家の家系〉ながら芸文の才能を開花させた。日本美術院の画家槐多の眼に、文展美術審査委員でもあった鷗外はどう映じていたのだろうか。

「横浜しか生み得なかった」芸術家

そんなことに思いを馳せながら、〈村山槐多と横浜〉について触れた匠秀夫氏の文「美術と文学の交渉」を引いて、ひとまずこの稿を閉じることにしよう。

横浜にゆかりある、いま一人としてデカダンの詩人、異才の画家村山槐多がいる。かれは横浜神奈川町に、小学校教師の長男として生まれている（略）、かれが何歳まで横浜に育ったかは明らかにされていないし、詩集『槐多の歌へる』（大正九年）を初め、多く残る詩、短歌、劇詩、戯曲、小説などの文章にも直接、横浜を反映しているものは見当らないので、その内面的自己形成を覗くと、或は横浜しか生み得なかった特異な芸術家であることになるのかも知れないが、ここではこれ以上触れないことにする。（傍線、佐々木）

（神奈川県立近代美術館編集『神奈川県美術風土記　明治大正編』、昭和四十六年、有隣堂）

（文中、敬称略）

〈追記〉

『広辞苑』〈村山槐多〉の項目は、〈第七版・一刷〉で〈愛知県生まれ〉とされたが、〈第七版・五刷〉では、削除された。生地は記載されていない。

〈参考資料〉

〔発行年表記は奥付に従いました〕

森鷗外『鷗外全集』全三十八巻、一九七一年～一九七五年、岩波書店〔著者所蔵〕
森於菟『父親としての森鷗外』、一九六九年、筑摩書房
村山桂次「槐ちゃん」、『村山槐多全画集』所収、一九八三年、朝日新聞社〔佐々木註、母から聞いた話として弟・桂次は、鷗外と〈横浜時代の赤ん坊〉槐多の触れ合いを記す。初出は、「アトリヱ」第二巻第三号、大正十四年三月十日、アトリヱ社〕
山崎一穎『森鷗外　明治人の生き方』、二〇〇〇年、筑摩書房・ちくま新書
山崎一穎監修『一五〇年目の鷗外―観潮楼からはじまる』、二〇一二年、文京区立森鷗外記念館
金子幸代『鷗外と神奈川』、二〇〇四年、神奈川新聞社
志澤政勝『横浜港ものがたり　文学にみる港の姿』、平成二十七年、有隣堂
「桟橋、鉄桟橋、大さん橋」の項で、鷗外「桟橋」紹介。
神奈川県県民部広報課編『文学の中の神奈川』〔鷗外作品は、「桟橋」「青年」が収録〕、平成三年、同県民部広報課
横浜美術風土記編集委員会編『横浜美術風土記』、一九八二年、横浜市教育委員会
文中に「藤田経世、宮川寅雄の参劃する文化史懇談会の岩瀬敏彦も参加した。後岩瀬は「村山槐多論」〔美術手帖、昭和三十三年〕を発表した」と見える。
弦田平八郎、岡部昌幸監修『〈横浜ゆかりの画家たち〉展　開港から現在まで』、一九八九年、神奈川新聞社、

朝日新聞社
匠秀夫「美術と文学の交渉〈2．横浜〉」、神奈川県立近代美術館編集『神奈川県美術風土記　明治大正編』所収、昭和四十六年、有隣堂
酒井忠康「小林清親」中「3．敗走の系譜」、同館編集『神奈川県美術風土記　明治大正編』所収、昭和四十六年、有隣堂
青木茂「岡倉覚三と横浜」、土方定一編集『神奈川県美術風土記　幕末明治拾遺篇』所収、昭和四十九年、神奈川県立近代美術館、有隣堂印刷
六草いちか『鷗外「舞姫」徹底解読』、二〇二二年、大修館書店
池澤夏樹他『群像日本の作家・二　森鷗外』、一九九二年、小学館
坪内祐三他『明治の文学・第十四巻　森鷗外』、二〇〇〇年、筑摩書房
毎日新聞学芸部編・文京区立森鷗外記念館協力『よみがえる森鷗外』、二〇二二年、毎日新聞出版
出口智之『森鷗外、自分を探す』、二〇二二年、岩波書店
苫木虎雄『鷗外研究年表』、二〇〇六年、鷗出版
小堀桂一郎『森鷗外の世界』、昭和四十六年、講談社
◑
「新美術新聞」一五二三号、二〇一九年十二月二十一日号、土方明司「2019回顧」アンケート回答、美術年鑑社
「週刊文春」第六一巻第三三号、令和元年九月五日号、「夭折の天才画家村山槐多の新発見作品に贋作疑惑」（すくーぷラブ）、文藝春秋

青木茂「新・旧刊案内　七九」、「槐多新発見作見参記」（ｐ一二～ｐ一三、見出しなし）、「一寸」七九号、二〇一九年八月三十日、学藝書院
山本太郎編『村山槐多全集』、昭和三十八年、彌生書房
酒井忠康編『槐多の歌へる　村山槐多詩文集』、二〇〇八年、講談社文芸文庫
金子一夫「山本鼎研究拾遺　村山谷助、桜井虎吉のことなど」、「一寸」八十一号、二〇二〇年二月二十九日、学藝書院。のち同「一寸」八十二号に「八十一号の訂正」収録。
金子一夫「山本鼎の生いたち　付論国柱会との関わり」、『近代画説』第29号、令和二年十二月十四日、明治美術学会／三好企画発売
稲垣眞美「後世（校正）怖るべし　村山槐多の正しい生地は横浜市神奈川町」、「流域」84号、平成三十一年四月二十五日、青山社（京都）
稲垣眞美「村山槐多と横浜」、「神奈川新聞」二〇二〇年二月二十日号、神奈川新聞社
小林一登「早世の天才洋画家・村山槐多」、「神奈川新聞」二〇一九年一月二十二日号、神奈川新聞社（新刊『森鷗外と村山槐多の〈もや〉』に際して）
嶺田丘造「山本鼎と村山槐多」、「学友」六号、昭和三十八年三月、愛知県立岡崎高校
嶺田丘造協力、草野心平『村山槐多』（年譜・三好寛）改訂三版、平成元年、日動出版部
杉浦兼次「槐多の在籍地」、『三河の句歌人』所収、平成十一年、愛知県郷土資料刊行会（名古屋・嶺田久三氏証言①、ｐ八～ｐ一〇）
杉浦兼次「岡崎と画家・村山槐多」、平成十六年七月三十日、（注）講演レジュメ
「岡崎の人物史」編集委員会『岡崎の人物史』昭和五十四年、同編集委員会

「岡崎の医師会史」編纂委員会『岡崎市医師会史』昭和四十八年、岡崎医師会
村松和明『引き裂かれた絵の真相　夭折の天才村山槐多の謎』、二〇一三年、講談社
（名古屋・嶺田久三氏証言②、p一五八～p一六〇、p一八一）
村松和明『真実の眼―ガランスの夢　村山槐多全作品集』、二〇一九年、求龍堂
（名古屋・嶺田久三氏証言③、p四一五）
岩淵悦太郎他『ことばの誕生　うぶ声から五才《ママ》まで』、昭和四十三年、日本放送出版協会
堀宜雄「没後101年目の偶感―関根正二と村山槐多」、「須田記念　視覚の現場」第4号、二〇二一年二月、きょうと視覚文化振興財団
佐々木央『森鷗外と村山槐多の〈もや〉』、二〇一九年、神奈川新聞社
佐々木央『村山槐多のトアール　円人村山槐多改補』、二〇二一年、丸善プラネット
（京都・青山社、「流域」85号所収「村山槐多没後一〇〇年忌拾遺　岡崎出生説の〈すきま〉」収録、二〇一九年十月））

〈モナ・リザ〉と〈裸僧〉

私たちの生命の奥深く根をおろして動かないもの、そこから一切の生成は由来する。

（カロッサ「緑の小卓と失われた鍵」、『若き日の変転』所収、斎藤栄治訳）

一枚のエスキースがある。《癩者と娘等》。槐多が東京田端の小杉未醒宅の家作に寄食していた、大正四年頃のものだ。両端にはメモが見え、こう記されている。

癩者と娘等
　癩者［↓抹消］
　路上の癩者［↓抹消］
　癩者と家族［↓抹消］
モデル
　Ｒａｉｊａ　Ｍｉｄｋｉその他の合成
　その妻と子　女中その他の合成
　貴女　ささ夫人その他の合成

　男の子　正ちやんその他合成［↓一行抹消］
　第一の女の子　よしちやん顔［頭？］合成
　第二の女の子　ゆり、まさ、ちやんその他の合成
　風景　未定

木　さくら

画面の中では何が起きているのだろう。桜の木の下には、乳飲み子を抱く癩の乞食夫婦。そこに通りかかった上背のある高貴な女性と、お供の二人の娘。乞食は上目遣いに恵みを乞うている。

1. 油彩《乞食と女》《湖水と女》補記

故岡田隆彦氏はかつて、岩瀬敏彦の「村山槐多論」（「美術手帖」一四四号）について、「その最もすぐれた村山槐多論」（『日本の世紀末』、昭和五十一年、小沢書店）と評したことがある。岩瀬はその中で、四谷荒木町で制作された油彩傑作《乞食と女》（大正六年）に触れ、「未完成に終ったが、彼自身がその作品の完成に非常な期待と努力を払った（略）《女子等と癩者》の構想が、幾多の変転をへて、《乞食と女》に形象化され」たと述べた。

〈聖賤〉逆転のバーン＝ジョーンズと《乞食と女》

《癩者と娘等》から、《女子等と癩者》、《乞食と女》への「変転」は、日本美術院院賞受賞作となる代表的傑作《乞食と女》(運命の女・お玉さんを描く)に帰結したというのである。絵画的には、偶然の暗合かもしれないが、本作にはバーン＝ジョーンズのレジオン・ドヌール賞受賞作、油彩《コフェテュア王と乞食娘 King Cophetua and the Beggar Maid》(一八八四年)からの〈本歌取り的再構成〉が見て取れる(拙稿。京都・青山社刊「流域」七十九号、のち神奈川新聞社刊『森鷗外と村山槐多の〈もや〉』収録)。《コフェテュア王と乞食娘》の縦長画面に於ける、乞食娘(賤)が上位に、コフェテュア王(聖)を下位に、という〈聖賤逆転〉構図である。《乞食と女》の縦長構図でも、〈聖賤〉の〈境界〉は朦朧化され、両者の平準化が企図される。和服女性は《お玉さん素描》の裏書き通りであった(参考、小著『森鷗外と村山槐多の〈もや〉』他、『円人村山槐多』、『村山槐多のトアール』に収録)。

《癩者と娘等》エスキースのメモをもう一度見てみよう。

「Ｒａｉｊａ」(「癩者」)の「Ｍｉｄｋｉ」(「水木」)とは、当時東京田端の小杉未醒宅の家作で共に寄寓していた四国松山出身の画友・水木伸一。「女中」は小杉宅お手伝い矢野みん、か。「貴女」の「ささ夫人」とは、未醒宅の近くに住んでいた山形新庄出身の笹秀松(帝大出)の妻・笹操(旧姓門山操、山形松嶺生まれ)である。槐多の父・村山谷助(同じく山形松嶺生まれ)の遠縁に当たる。笹秀松所蔵の槐多油彩数点の一つである《湖水と女》(大正六年)の間接的モデルともされ、田端の高台「Ｕの家」(Ｕとは私見では内山惣十郎。秋田雨雀とも交流があった)で制作された。

槐多は〈肖像画〉を描いたのではなかった

　前述の岩瀬敏彦による「槐多の描いた〈モナ・リザ〉」説（昭和三十三年七月）が先行し、槐多が思慕した「おばさん」（老妓おとく）への尊称が「レオナルドの〈モナ、リザ〉」であった（山崎省三「槐多とおばさん」、『槐多の歌へる其後』所収、大正十年）。そのため、画友達は笹操には気付かず、「おばさん」とレオナルドの輻輳で、《湖水と女》が語られていく。しかし、この油彩が笹家所蔵であったことなどにより、老妓おとく説は褪色した。笹操の娘・日野郁子さんは西宮の自宅で「母は恥ずかしかったのか、笹宅で飾られた記憶はない」旨話された。

油彩《湖水と女》大正6年

　小著『炎の白面《はくめん》にためらふ如く』（一九八八年）に於いては、槐多がラファエル前派への関心も滲ませ、《湖水と女》背景部分を、バーン＝ジョーンズの《パンとプシケ》（一八七二－七四年）からの援用ではないかと推論したことがある。

　全体的には、ゲラルディニの娘・エリザベッタ（愛称リザ）に、有夫の女性に対する敬称モナを付けた油彩《モナ・リザ》を下敷きにした《湖水と女》に見えるが、〈笹操〉も〈リザ〉も有夫の既婚者であり、額縁に瀰漫する静謐感はそのためでもあろう。

この油彩は戦後一時、田村泰次郎が所蔵（三一書房刊『日本の名画2』の《湖水と女》解説一九六五年）後、都内某氏蔵となり、現在はポーラ美術館蔵である。槐多父方で門山家縁戚の故・門山達夫氏宅をお訪ねした際、白髪の老女となった笹操の戦後写真（佐々木註、『村山槐多のトアール』所収）を頂いたが、《湖水と女》を彷彿させた。達夫氏は大変気骨のある方で学生時代の友人「もののべ・ながおき」のお話をされた。

然しながら、槐多は《モナ・リザ》のレオナルド同様、特定人物の〈肖像画〉を描こうとしたのではなかった。「レオナルドが自己の意図を実現するためにふさわしいと思われるモデルを自ら探しだし」「自分の頭の中にあるイメージを、モデルを手がかりにして画布に再現せしめようとしてい」たのである（在里寛司他『レオナルドと絵画』、一九七七年、岩崎美術社）。槐多のエスキース《癩者と娘等》で、配役の〈モデル名〉に続けて〈その他の合成〉としているのは、そのためである。

二人いた〈よしちゃん〉

エスキースの〈第一の女の子〉の「よしちゃん」は、当初、槐多の母たま（旧姓山本）のすぐ下の妹四女山本ひさ（信州大屋山本医院の薬剤師［草野著の医師は誤り］・太田庸造に嫁ぐ。本書『森鷗外と村山槐多の〈横浜〉』口絵写真五頁、前列右が四女ひさ、後列右が庸造）の長女・太田芳さん（のち永井芳子氏、当時は東京府立第二高女在学）ではないかと特定したが（永井隆子氏のご教示による）、もう一人の「よしちゃん」がいた。

従兄の嶺田丘造（槐多の母たまの次姉たづの一人息子）の妻・芳子さん（旧姓松原、明治二十七年生まれ、槐多の二歳上、父は元駒場農学校教授）である。芳子さんは留守中に来た槐多に、お小遣いを与えていたと丘造の回想に見える（「村山槐多と山本鼎」）。丘造は大正三年一月、東京赤坂で挙式し、当初は隠田《おんでん》（旧千駄ヶ谷町）の借家に居住。以後、大正四年には原宿に転居したというから、このエスキース当時は原宿在住であろうか。

〈第二の女の子〉の「ゆりちゃん」は、槐多が寄寓していた小杉未醒家の長女・小杉百合子さん（のち水谷清夫人、故人）である。「まさちゃん」とは、小杉宅西隣にいた木彫家・吉田白嶺（日本美術院同人）の長女・吉田雅子さん（のち草間姓、故人）で、文化学院当時はフローレンスと綽名されたという。他方、槐多の画壇デビュー作としても知られる水彩《庭園の少女》（大正三年）は、百合子さんがモデルである。兄は早稲田大学名誉教授だった小杉一雄氏。百合子さんとは入院中の病室でお会いし、「捕まっちゃった」と漏らされたことを思い出す。雅子さんとはご自宅でお話を伺った。

2. 水彩《カンナと少女》《二人の少年》補記

従来百合子さんがモデルとされていた水彩《カンナと少女》（大正四年）は、隣家の吉田雅子さんがモデルだと分かってきた。雅子さんであるという報告は、

①有島生馬の「『微笑』をめぐつて思［ひ］出すこと」（一水会編集「丹青」第一巻第三号、昭和十三年十一月、教育美術振興会）という一文が嚆矢である（拙稿「〝まさちゃん〟と槐多」、日動画廊「繪」三三七号、『円人村山槐多』、『村山槐多のトアール』所収）。

有島生馬文に続いては、

②宮川寅雄「「瑞枝」の出版にあたって」（「「瑞枝」復刻にさいして」所収、昭和五十七年）ということになろうか。宮川氏は、「装釘や挿画の版画をこの詩集に寄せられた吉田雅子さんとは、当時、会ったことがなく、この人が村山槐多の「かんな（ママ）と少女」のモデルであることも、雅子さんの従弟で、私の友人・吉田芳夫から二、三年前に聞き（略）」などと、書き残している。しかし、こうした有島、宮川両氏の証言は戦後、公になること叶わず、埋もれたままであった。しかし、決定打となったのが、

③吉田雅子さんの回想文「槐多」（「LE CHER PEINTRE」第五号、大正十五年六月、『村山槐多のトアール』所収）であった。同誌は文化学院当時の上級生・田坂乾《けん》氏（故人。夫人は石井柏亭

息女）宅に戦災を逃れて保存されていた。以上三点は、雅子さんからのご教示で、これ等資料の出現により雅子さん説が確定したのである。

《カンナと少女》のモデルと出会った日

　ここで、草間雅子さんとの出会いを少し記しておこう。それは一本の電話からであった。勤務先に、武部富雄さんという未知の方から電話があった。尾崎秀樹氏の大衆文学研究会会員で近藤勇の研究者だという。「今日は近藤勇とは別の件です」と話し出した。当時、武部氏は北区立田端図書館勤務で、「田端文士村」を調査中であった。「お調べになっている村山槐多の、モデルをされた草間さんという方がお会いしたいと言われています。勤務先の電話番号と住所をお知らせしてもよいですか」ということであった。

水彩《カンナと少女》大正4年

　そういえば、槐多について右も分からない頃にまとめた私家版（『炎の白面にためらふ如く』）を図書館にお贈りしたことがある。その自著から草間さんにご連絡されたのだった。まもなくして、草間さんからお電話を頂いたが、ためらいもあった。というのも、当時の私は、《カンナと少女》のモデルは小杉未醒長女・百合子さんという定説に囚《とら》われていたからである。然しながら、未知の草間雅子さんをお訪ねし、戸惑いは払拭されていった。

草間さんは何点かの資料を提示し、ご自分のモデル説を傍証して下さった。その中には、④武部富雄氏編集の『女流5人、今は昔―田端周辺を偲ぶ　田端文士村・第8集』（北区立田端図書館、昭和六十二年）所収の「父・吉田白嶺」という雅子さんの文もあった。数行にわたって、槐多の《カンナと少女》のモデルになった日のことを追想されていた。

しかしながら、この回想のみでは、なお小杉百合子説は覆らなかったであろう。小杉未醒長男で早稲田大学名誉教授・小杉一雄氏（故人）も、真相を知悉していたかもしれないが、妹・百合子氏への惻隠もあり、黙認せざるをえなかったのであろう。

雅子さんは次の資料を示した。それが前掲の有島生馬「〈微笑〉をめぐつて思［ひ］出すこと」である。有島証言は、初めての〈第三者〉による証言であった。生馬は最後の方にこう書いていた。

> 村山槐多もやはり雅子さんをモデルにその七八歳の童形を全紙の水彩にかいてゐる。「カンナ」と題するものがそれで、氏の傑作の一つとなつて残つてゐる。だから誰れよりも早く日本のモナリザの美を見出した人は槐多だつたとも云へる譯である。

当時雅子さんからお電話を頂いた。「槐多さんのいた部屋にあった、寝台がわりの籐の長椅子の上で、ピョンピョン跳ねてギシギシ鳴ったことや、モデルになった時に、高い丸い椅子に座って足をブラブラさせた感じを、思い出しました」と話され、画中の少女の両足が、地面には着いていなかったことをお教え頂いたものである。つまり、モデルの側から、舞台裏は全て把握されていたのである。

《カンナと少女》の中の〈明暗〉

日本橋高島屋での「日本美術院　大正の熱き風」展（平成六年）では、雅子さんとご一緒して《カンナと少女》を観覧した。その際、実際には「薄紫がかっているんですね」と少し驚かれたものである。水彩画面は、槐多の薄い「紫の微塵」（大正三年）に覆われ、通常の印刷図版と実際の水彩画面との〈落差〉に槐多の深層が窺えた。

酒井忠康氏は、そうした内部の〈差異〉について、《カンナと少女》に触れ、

槐多の水彩には「想像力の爆発の底に意外なほど静かな冷気をひそませている」とし、「画家として身を立てる準備期」「における絵画の集約的な作品となっている」（『日本水彩画名作全集〈7〉名作選Ⅱ（大正）』、昭和五十七年、第一法規出版）

と剔抉される。他方、故坂崎乙郎氏も、同水彩における別なる〈視差〉を披瀝していた（佐々木註、私事ながら、当時の国吉康雄展で、会場の長椅子に腰掛けられている氏に出会った。それから間もなくして帰泉された）。

カンナももとはアフリカ、熱帯アメリカ産の夏の花です。ただし、カンナは夏にもう一つ別の風情をそえています。光輝を放たない暗くよどんだ夏の風情を。作者はそれを知っています。血のように赤い花の色は夕日といっしょに少女の顔も心も染めあげています。

（坂崎乙郎『女の顔』、昭和五十四年、美術公論社）

《二人の少年》に稲生の影なし

再び、冒頭のエスキース《癩者と娘等》にもどろう。小杉宅に預けられていた小杉正城《まさき》が「正ちゃん」としてメモ書きされている。正城は相良敏三とともに寄寓。槐多の水彩《二人の少年》（大正三年）となり、後に江戸川乱歩宅に掲げられる。この水彩については、「繪」三八六号（『村山槐多のトアール』所収）にまとめ、近年、丹尾安典早稲田大学名誉教授の『男色《なんしょく》の景色』（角川ソフィア文庫、平成三十一年）の「第三章　一条の水脈《みお》」の中でも、言及された。

水彩《二人の少年》には、京都時代の〈村山槐多が懸想した稲生澯《いのうきよし》〉の投影を見る向きもあるが、二人は小杉宅に寄寓した未醒の親族でもあり、恣意的な意図は「なかったと推測」（丹尾安典氏）される。当時、九十歳台だった故稲生とし夫人をお訪ねした。ご高齢ながら、少女のようなお声で、玄関土間に並んで坐り、記憶を辿られたことが思い出される。稲生の母親が槐多に対する用心棒を付けたお話などはこの時伺ったものである。

なお、水彩所蔵者だった江戸川乱歩には、「槐多〈二少年図〉」（『わが夢と真実』所収、平成六年、東京創元社）という文がある。このタイトルをもって、図録などで《二少年図》と題されるのを散見するが、誤謬ではないものの、乱歩の私的命名である。槐多没後の初画集『槐多画集』（大正十年、アルス）収録タイトルは、《二人の少年》（当時の所蔵者は早田砂瓶郎）である。

3. 油彩《バラと少女》補記

《癩者と娘等》のメモ書きだが、のちに末醒宅に預けられた、日光生まれ相良楳吉の末娘キミさん（小杉夫人春の末妹）はまだ見えない。エスキースから二年後、油彩傑作《バラと少女》（大正六年）のモデルとなった（『村山槐多のトアール』所収）。《カンナと少女》同様の毒々しい赫い頰、キミさんの背後から不気味に覆いかぶさるような、曲がりくねった長い葉形が印象的だ。少女は不気味な葉形にも気付かず、能面のような表情を見せる。キーツの「つれなき乙女」（マリオ・プラーツ『肉体と死と悪魔』、一九八六年、国書刊行会）が連想される。

長い葉形にみる〈変身憧憬〉

背後の長い葉形から、馬杉宗夫『黒い聖母と悪魔の謎　キリスト教異形の図像学』（一九九八年、講談社現代新書）の中の〈葉人間〉を思い出した。

九世紀に、影響力を持っていた神学者ラバヌス・マウルスは、葉を性的罪の象徴と同一視していた。こうした繋がりは、信者に対して肉の罪の危険性を警告するため、聖堂の柱頭彫刻に「葉人間」を表現させた、と推測させる。（傍線、佐々木）

油彩《バラと少女》大正6年

油彩《バラと少女》の背後での「不気味な曲がりくねった長い葉形」は、槐多自身があたかも〈葉人間〉に〈変身〉したかのようでもある。

服部幸雄も、「変身憧憬　近世における〈変身〉をめぐって」（国立歴史民俗博物館編『変身する』所収、一九九二年、平凡社）に於いて、こう述べる。

現実の壁が強大・強固で、変革の契機も手段も見出せない―そんな環境の閉塞状況がある時、人間に幻想が生まれる。それは一種諦めの感情を含んでいる（が）、いくらか自棄的な気分の反映として生まれ出るところの諦念である。そこで、これを逆手に取って居直った時に、「自分自身が他のもの（時代、身分、地位も全く異なった人間、神仏、妖怪、亡霊、精霊、動植物など）に変わってしまいたい」という、したたかで、身勝手な欲望もしくは願望に転ずる。（傍線、佐々木）

近世における動植物への変身憧憬が見える。当時の槐多は、石川啄木同様、「ヒューマン・ビースト」（人間の姿をした獣）化しつつ、「ハーフ・アニマリズム」（半獣主義）へと変容していた。大正七年九月十八日の日記にも、「獣になりたいのぞみがある、ツヱントールに」とある。「ツヱントール」とは、『イリアード』（大正四年、馬場孤蝶訳）に〈セントオル〉として出てくる〈ケンタウロス〉（半人半馬）のことである。当時の槐多は『獣人』（エミール・ゾラ）として「地下世界」（海野弘）への階梯を昇り降りしていたのである。

〈半獣主義〉と〈霊肉合一〉

しかしながら、〈半獣主義〉なるものの背景には、当時の〈霊肉対立〉という難題が横たわる。松浦暢はこの問いに、「薄田泣菫がロゼッティから学んだ特質は、〈霊肉一致〉の思想である」とし、こうした「宿命的な二元対立がある。〈天国と地上〉、〈永生と有限〉、〈生と死〉、〈霊性と肉性〉

がそれである。この対立を解くために、地上の恋人 He が強い愛情を絆に、キリストの愛の救済をへて、天国に召され〈浄福の乙女〉と合体することになっている。これは、霊肉の合一であり、有限と無限の一致である」「こうした神の庇護と愛による霊肉一元化の狙いは、ロゼッティにあっては芸術の至上境である〈美の宗教〉への到達にあった」。

「この美の宗教に殉じたロマン派の芸術家には、霊と肉、苦痛と快楽、光と闇、理想と現実、生と死のような antipode（佐々木註、正反対の事物）の分裂と調和がつきまとい、その詩を苦悩で美しく彩っている」と書いた。（中島健蔵編『日本近代詩　比較文学的にみた』、一九七一年、清水弘文堂、傍線、佐々木）

油彩《バラと少女》の背景に、マウルスのいう「性的罪の象徴」を見るのは恣意的に過ぎるが、当時の槐多の心的表出の一端として見ることも不可能ではない。

不気味な葉形を背にしたキミさんは、日本画を学ぶために平福百穂のもとに通い、後年には小杉未醒（のちの放菴）とともに東大安田講堂の壁画を制作する。最晩年の伊豆の高齢者施設をお訪ねした時は、すでに光を失われていたが、ヘルパーの女性がそばに待機し、元温泉旅館の女将《おかみ》らしく白足袋の和服姿で端座して話された。のちに『槐多の歌へる』正続二冊他が、槐多の友人から届き、初めて槐多が何者であったかを知ることになる。「（当時は分からなかったけれど）頭の良いひとだったんですね」と静かに回想された。

4. 油彩《尿する裸僧》追考

最後に、以上の〈モナ・リザ〉たちとは趣を異にする、油彩《尿《いばり》する裸僧》（大正四年）を取り上げて、追考したい。前掲の下絵《癩者と娘等》と同年の作品である。信濃デッサン館（現、残照館）で見た日が思い出される。現在は長野県立美術館の所蔵となった。

江戸川乱歩の回想「槐多〈二少年図〉」から

江戸川乱歩は早稲田大学時代（大正五年卒）に、上野の展覧会で槐多の「絵の一つの前」で「立ちつくした」というが、その絵こそ油彩の《尿する裸僧》だったのではないかと考えてもいる。乱歩は「槐多〈二少年図〉」という一文の中でこう回想していた。

「六本の手ある女」「尿する裸僧」「女子等と癩者」「猿と女」「乞食と女」などの怪奇な画題の作品によって天才をうたわれたのであるが、二十年近い昔、上野の展覧会で、私はそれらの絵の一つの前に、一時間ほども立ちつくしたことを思い出す。

（「文体」昭和九年六月号、『わが夢と真実　復刻版』所収、平成六年、東京創元社）

文中、「一時間ほども立ちつくした」とある（佐々木註、私は前著『村山槐多のトアール』で、「四時間ほども立ちつくした」と誤記し、訂正とします）。乱歩が「二十年近い昔」に見た「怪奇な画題の」「絵の一つ」とはどの作品を指すのであろうか。

雑誌「文体」が出たのは昭和九年（一九三四）、江戸川乱歩が早稲田大学を卒業するのは、その十八年前の大正五年（一九一六）である（「江戸川乱歩略年譜」、『江戸川乱歩全集第三十巻・わが夢と真実』所収、二〇〇五年、光文社）。

従って、「二十年近い昔」とは大学卒業（大正五年）前後の頃になる。乱歩のいう「怪奇な画題の作品」五点の内四点は、いずれも「女」を蔵し、内一点だけが「女」ではない。その油彩が《尿する裸僧》であった。

補助線としてのゴーギャンと白秋

この油彩を絵画的に見れば、前掲小著『炎の白面《はくめん》にためらふ如く　村山槐多大正六年作《湖水と女》ノオト』（一九八八年）でも試論したように、ゴーギャンの木版《ナヴェ・ナヴェ・フェヌア（かぐわしき大地）》（一八九三―九四年）からの触発が考えられる。後に知ったが、油彩の《かぐわしき大地》自体、ポーズは「ジャワのポロブドールの浮彫の写真」から借りたものだという（丹尾安典『25人の画家・ゴーガン』解説、一九九五年、講談社）。

今回追記するのは、合掌する裸僧が尿を放つという特異な奇想を槐多はどこから得たものかということである。一つの補助線に過ぎないが、北原白秋にとある一文がある。

> おしまひには本を畳の下に匿《かく》し、砂の中に埋めては、夜そつと蠟燭《ろうそく》を点けては拾ひ読みをしてゐた、あの和蘭人の放尿してゐる油絵の大額の下で。
> （「上京当時の回想」、「文章世界」大正三年九月一日号所収、傍線は佐々木）

北原白秋は、パンの会や雑誌「方寸」などを通じて、槐多の従兄山本鼎と交流し、石川啄木の葬儀にも共に参列した。後に鼎は白秋の妹いゑ子を娶《めと》る。双方の信頼で結ばれた間柄であった。両者の仲人が森鷗外である（ただ、槐多の両親も森家とは浅からぬ関係にあったが、鷗外が

油彩《尿する裸僧》（1915年）長野県立美術館所蔵（信濃デッサン館コレクション）

木版《ナヴェ・ナヴェ・フェヌア（かぐわしき大地）》（1893-94年）、ポーラ版（1921年）岐阜県美術館所蔵

仲人かは不明である。村山谷助、山本たまは未入籍のまま、同居生活に入ったとも考えられる）。
右の「文章世界」の発行日である「大正三年九月」といえば、槐多が上京して田端の小杉未醒宅家作に寄寓後二ヵ月後の頃である。文中の「和蘭人」（オランダ人）は、本来「和蘭陀人」かもしれず、北原白秋『思ひ出　抒情小曲集』（明治四十四年、東雲堂書店）に於いては、「尿する和蘭陀人」と記されている（佐々木註、原文には尿に「いばり」のルビが付されている）。

尿《いばり》する和蘭陀人………
あかい夕日が照り、路傍の菜園には
キヤベツの新らしい微風、
切通のかげから白い港が見える。
（略）
尿《いばり》する和蘭陀人………
そなたは何を見てゐる彎曲《ゆみなり》の路から、
断層面の赤い照りかへしの下から、
前かがみに腰をかがめた、あちら向きの男よ。

故洲之内徹氏は、「気まぐれ美術館95 村山槐多ノート（二）」（「芸術新潮」昭和五十六年十一月号所収）の中で、「その後柳瀬［正夢］のスケッチブックの中に、この《尿する裸僧》の、走り描きのちいさな素描が見付かり」「この、デッサンというよりも一種のメモといった感じのちいさな《尿する裸僧》」（のち『セザンヌの塗り残し　気まぐれ美術館』所収、昭和五十八年、新潮社）と述べていた。

その小さな素描（タテ一三cm×ヨコ九・五cm、武蔵野美術大学所蔵）は、周縁を縦長の額縁形が囲繞し、鉄鉢は見えないが、合掌した右向き裸僧の放尿姿である。縦長額縁状からは、前掲の北原白秋の文「上京当時の回想」にある、「和蘭人の放尿してゐる油絵の大額」（傍線、佐々木）が連想される。

〈禅僧〉はなぜ〈裸僧〉なのか

《尿する裸僧》では、地面に托鉢用の鉄鉢《てっぱつ》を置き、裸僧は行脚する禅宗の雲水のようである。槐多は京都の禅寺、相国寺の近くに住んでいたことがある。しかしながら、その〈禅僧〉がなぜ画中では〈裸僧〉なのかについての考察は、立ち遅れたままだった。

『熊野詣』などの著者、五来重の『日本の庶民仏教』（二〇二〇年、講談社学術文庫）を読むと、その中で「僧の本来のあり方」について触れている。

仏教というものは本来、放浪托鉢の宗教である（略）。頭陀行《ずだぎょう》といい、抖擻行《とそうぎょう》といい、僧の本来のあり方は乞食《こつじき》と放浪であった。安居《あんご》九十日（佐々木註、日本では毎年四月十五日から七月十五日までの夏季九十日間、遊行中の罪を懺悔し、修行した年中行事）をのぞいては一所不在である。放浪生活なるがゆえに、家や財物や家族への執着からはなれることができる。「本来無一物」は禅僧の墨跡（佐々木註、禅宗高僧の筆跡）のためにあるのではなくて、放浪の比丘《びく》（佐々木註、一般の僧）の実践を指す言葉であった。（傍線佐々木、註は『日本国語大辞典』による）

画中の禅僧が〈なぜ裸僧なのか〉という問いは、放浪する同僧が「本来無一物」であるというところに一つの補助線を見る。裸僧は相貌を槐多とは異にしているが、「一所不在」の「無一物」者でもある槐多の、自画像的作品であることは、言うまでもない。

あれは猿さ、俺ではないのだ

同年の「鏡に」（大正四年）という詩では、こう書く。（佐々木註　鉤括弧は原文のまま）

「鏡を見ろ鏡を、泣くな、しつかりと見入るんだぜ
お前の顔がお前を見てゐるぜ
その顔は猿の死顔だ
人間の顔ではない」

「あれは猿さ、俺ではないのだ、だが俺も同然だ
俺が旨く手なづけた可愛い猿さ
俺はあの猿を分捕る為にはずゐ分苦しんだ
末やつと手に入れた実に可愛いい猿なのだ」

「お前には可愛いいかもしれぬが
俺にはずゐ分と憎らしいぜ
あの眼玉はあの口はあの鼻は俺を戦慄させる
何と云ふ醜悪であらう」

「はつは俺を貴様は何だと思ふのだ
つむじまがり、天のじやくと云ふのが俺の事だ
俺はお前が戦慄する程な醜悪に
戦慄する程な美を感じる人様なのだ」

「負［け］をしみを言ふな　どう言つて見た処で
お前は猿だはつは、お前は猿だ猿だ」。

自画像を描く際の手鏡を持って、自分の相貌を見つめ、このように書く訳である。この詩のすぐ前に、「号令に」（大正四年）という作品もあり、

とにかく俺は人間だ
猿かもしれぬが

とある。こうした「猿」なる比喩は、何処から来たものであろうか。一つには槐多が生誕した明治二十九年の干支《えと》が、〈申《さる》〉だったことも起因しているのかもしれない（『増補版江戸東京年表』、二〇〇二年、小学館）。他方、大正四年の詩の中で、「一九一五年五月の汝は醜劣を極めて居る」と書かれていることも記憶される。

阿部謹也氏、最終講義での〈村山槐多〉

故阿部謹也氏（元一橋大学学長、西洋史学者、二〇〇六年没）は、二〇〇六年五月、東京芸術大学に於いて最終講義を行ったが、題目は「自画像の社会史」であった。その中に、右の村山槐多の詩「鏡に」が取り上げられている。（中村元、網野善彦、阿部謹也他著『増補普及版・日本の最終講義』所収、二〇二二年、KADOKAWA）

氏は「自画像が生まれる背後にどのような自己理解があったのかを問題にしたい」とし、槐多の自画像からは「世間との対峙も見て取れる」ともされる。「鏡に」については、自分の顔をヨーロッパ人の中で観察した高村光太郎と比して、槐多は鏡の中の自分の異様な顔に戦慄しつつも、そこに美を見出したとする。

更に《尿する裸像》にも触れ、槐多の詩「天の尿」と絡ませて、「その自画像が槐多の宇宙との合一の夢を描いたものであることは確かであろう」（傍線、佐々木）とした。

阿部氏も言い及んだ《尿する裸僧》であるが、裸僧の顔立ちは、猿めいた面相に見えなくもない。槐多は猿なるものを自己内部の〈周縁の他者〉の隠喩としつつ、前年に投じられた「この奇怪なる『猿猴《えんこう》社会のラムボー』君」（山本二郎宛信州書簡、大正三年五月頃か）と接合する。

槐多には、油彩《猿と女》（大正五年六月頃、所在不明）もあった。猿は当然自身である。槐多は、大正三年十二月の山本二郎宛書簡の最後で「オレはそれからラムボーではないよ、君こそラムボーだらう。」と返信しており、同年五月頃の「『猿猴社会のラムボー』君」は、山本二郎による槐多への形容と分かる。〈自己貶下〉する「猿猴」は、前述の「一九一五年五月」での「醜劣」さの「極め」の投射でもあろう。

〈美の宗教〉への殉教

油彩《尿する裸僧》とは、裸僧に自己内部の〈負〉を付託させ、己れ自身の浄化を企図した作品である。即ち、合掌し奉拝する裸僧に於いては、何らかの内在する〈ケガレ〉を〈キヨメ〉〈ハライ〉（清め祓い）せんとし、〈聖〉杯としての鉄鉢に、放物線を描く〈穢〉なる尿を注げば、相反しつつも共存する〈聖穢〉と化して、自家撞着的自己同一へと昇華される。

他方、尿を「浄化された〈聖水〉」と目せば、聖水を受ける〈聖杯〉＝鉄鉢との自家撞着は解除されて連続する。つまり、この油彩は、槐多の〈自己貶下〉と対蹠する〈聖穢無化〉への宿望を同舟させる。聖穢一元化は隘路となるものの、阿部謹也氏が述べた、画中での「槐多の宇宙との合一の夢」は具現したであろう。槐多においては、〈美の宗教〉への殉教によってしか、〈antipode の分裂〉を無化できなかったからである。

〈参考文献〉

〔発行年表記は奥付に従いました〕

岡田隆彦『日本の世紀末』、昭和五十一年、小沢書店
岩瀬敏彦「村山槐多論」、「美術手帖」一四四号、美術出版社
『日本の名画2』、一九六五年、三一書房、《湖水と女》解説
在里寛司他『レオナルドと絵画』、一九七七年、岩崎美術社
酒井忠康編『日本水彩画名作全集〈7〉名作選Ⅱ（大正）』、昭和五十七年、第一法規出版
酒井忠康『芸術の補助線　私の美術雑記帳』、二〇一二年、みすず書房
坂崎乙郎『女の顔』、昭和五十四年、美術公論社
マリオ・プラーツ、倉智恒夫他訳『肉体と死と悪魔』、一九九六年、国書刊行会
馬杉宗夫『黒い聖母と悪魔の謎　キリスト教異形の図像学』、一九八八年、講談社
中島健蔵編『日本近代詩　比較文学的にみた』、一九七一年、清水弘文堂
江戸川乱歩『江戸川乱歩全集第三十巻・わが夢と真実』、二〇〇五年、光文社
丹尾安典編『25人の画家・ゴーガン』、一九九五年、講談社
丹尾安典『男色の景色』、平成三十一年、KADOKAWA（角川ソフィア文庫）
北原白秋「上京当時の回想」、「文章世界」大正三年九月一日号所収
北原白秋『思ひ出　抒情小曲集』、明治四十四年、東雲堂書店
洲之内徹「気まぐれ美術館95　村山槐多ノート（二）」（「芸術新潮」一九八一年十一月号、新潮社）

洲之内徹『セザンヌの塗り残し　気まぐれ美術館』、昭和五十八年、新潮社
『増補江戸東京年表』、二〇〇二年、小学館
阿部謹也「自画像の社会史」、『増補普及版・日本の最終講義』所収、二〇二二年、KADOKAWA
佐々木央「槐多の〝モナ・リザ〟たち」（特集＝村山槐多の詩《うた》、「芸術新潮」一九九七年三月号、新潮社）
特集は高橋睦郎、丹尾安典両氏との共同執筆。
佐々木央『村山槐多のトアール　円人村山槐多改補』、二〇二一年、丸善プラネット

九十九里浜〈いなりや〉の村山槐多

すべての不思議なものにかけて言ふんだが、何と言つても不思議な、美しいものは海だ、
海そのものだと僕は信じてゐる――でなければ青春だけか？

（コンラッド『青春』所収、矢本貞幹訳）

もう二十七年も前（一九九七年）のことになる。その年の十一月、私は東京を発ち、房総九十九里浜に向かった。前々から気になっていた〈いなりや〉という宿屋を探すためであった。画家村山槐多は、京都府立一中時代の親友で、当時は上京して大学生となっていた山本二郎（筆名、路郎）を伴い、この村（当時は鳴浜村）ただ一軒の小さな宿屋に逗留したことがあった。それは、大正六年と翌七年の二度にわたっている。大正八年二月に東京府下代々木上原で、スペイン風邪のために夭没した槐多の、ほぼ前年に当たる頃である。その日からすでに、八十年近い月日が流れていた。

もう、今ではとうになくなっているはずだ、宿屋として続いているだろうか。そんな風に考えていたので、歩き回っていても、徒労とは思わなかった。

最後に九十九里浜の海を近くで見て、そろそろ東京へもどろう。そう思いながら浜辺の方に向かって歩いていると、焚き火をしている初老の人がいた。私は最後の最後という思いと、駄目でもともとという気持ちを交錯させながら、何気なくこう尋ねた。

「昔このあたりに、〈いなりや〉という小さな宿屋はありませんでしたか？」

すると、その初老の人からこんな答えが返ってきた。

「宿屋で〈いなりや〉というのは聞いたことはありませんが、〈いなりや〉という屋号の家なら近くにありますよ。そこの県道を真っ直ぐ行った魚屋の前あたりがそうです」

一キロほど歩くと、立派な門構えの家が見え、老女が一人住んでおられた。東京から来訪した事情をお話しすると、そこがかつては槐多の泊まった〈いなりや〉であることがあっけなく、分かったのである。（佐々木註、〈千葉県山武郡九十九里町作田五二〇四〉が、その所在地であった。現在は所有者が変更されている）

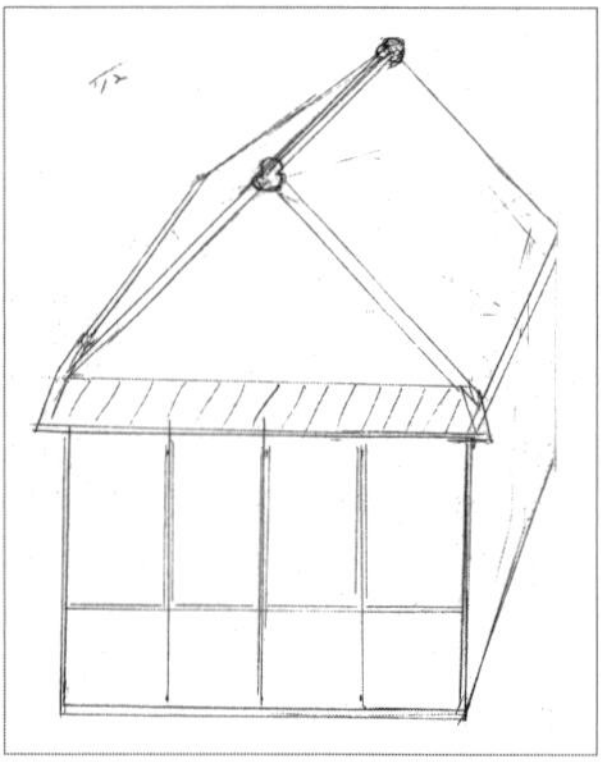

記憶の中の〈いなりや〉
（提供＝作田かぢさんの孫・武田勝江さん＝作田かうさん三女）

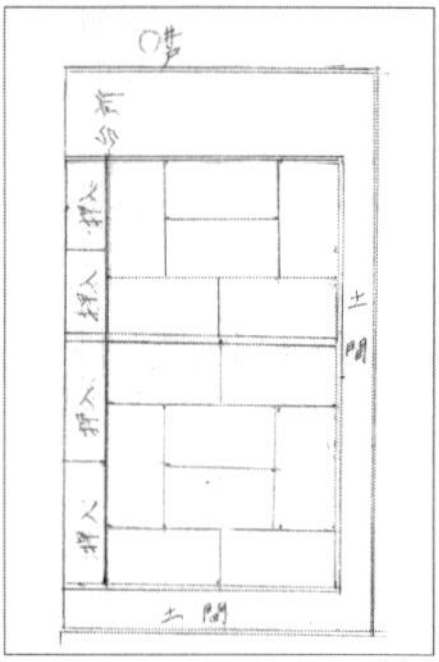

記憶の中の〈いなりや〉
（提供＝武田勝江さん）

作田かう（こう）さん。大正五年十月生まれというから、私の訪問当時は八十一歳、槐多と二郎が泊まった大正六、七年頃は、一、二歳の嬰児である。おそらく作田さんの幼い姿を槐多たちは見たに違いない（佐々木註、一緒に泊まった友人の山本二郎の回想に書き留められていた。

槐多が「マダム」と呼んだ〈いなりや〉の作田かぢさん（提供=作田祥子さん）

後述）。その時のお話のテープがある。私は再度そのテープを聴くことにし、要約してみることにした。

この辺りはイワシ漁の盛んだったところです。宿屋（佐々木註、漢字で稲荷屋、近くの稲荷神社に由来する。その他、産土《うぶすな》様ともいう諏訪神社があり、そこに御婆さんのいる茶店があった。今のコンビニ店の役割）といっても、六畳と八畳の二間だけの広さで、昔は県道に面していました。

（作田かうさん三女で昭和十五年生まれの武田勝栄さんのお話によれば、後年、丸太を使って、県道沿いから宿屋の建物を内側へ移動させたという。県道の向かい側には槐多たちも利用した銭湯〈高橋氏経営〉があり、屋号が「とうごりや」といった。背の高いおかみさんがいた。私は槐多の素描に《猫を抱く裸婦》があったことを思い出し、このおかみさんがモデルでは、と武田勝栄さんにお伺いしたが、似ていないと言われた。しかも、制作年も大正五年であり、槐多たちはまだ稲荷屋に来ていない）

宿の主人の初代は勝五郎、二代目は仙造（妻さが。明治三十三年十月二十七日、後にせいと再婚）

といい、大正八年に亡くなりました。私の母は作田勝（かぢ。明治三十年六月二十日生まれ、昭和四十九年に七十八歳で死去。一人娘で、名門横浜雙葉〈明治三十三年、横浜紅蘭女学校として開校〉の卒業――武田勝栄さん談）といい、父の兼吉《かねきち》（三代目）は養子で、昭和二十年に五十八歳で亡くなりました。

（「庭に猫がいますね」）猫ですか。猫は子供の頃からずっといて、絶えたことはありません。私の子供の頃ですが、仙造の後妻にせいという人が隣村から来ていたのです。子供がいなくて猫が好きで、黒と白のまじった大きな猫を一匹飼っていました。私が十歳ぐらいまでその猫はいました。

かうさんのお話に出てくるご両親（作田かぢ、兼吉）の年齢は、仏壇のご位牌の裏に記されていたもので、母かぢは槐多滞在当時には、二十一、二歳。父の兼吉も三十歳か三十一歳の若さだったことになる。武田勝栄さんによれば、作田家は女系家族で代々養子を迎えられていたという。槐多の二回目の来訪時（大正七年九月）の日記には、「（いなりやの）マダムもグランドパパも悦び顔にて迎へてくれた」とある。「マダム」というのは、作田かうさんの母・かぢさん、「グランドパパ」とはかぢさんの父仙造のことで、当時二歳ぐらいのかうさんから見れば、仙造は祖父、つまり「グランドパパ」となるわけである。

しかも、前述した通り、作田かぢさんは、横浜雙葉という名門校に学ばれ、槐多とは奇しくも

〈横浜〉という一点に於いて結ばれていたことになる。槐多一家が神奈川町にいたことも、女主人に話したかもしれない。一緒だった槐多の友人・山本二郎の回想（大正七年九月）も見てみよう。

其の夜二人が泊った宿は、村に唯一軒の粗末な宿屋だつた。純粋の木賃《きちん》宿で、宿と云つても二間しかなかつた。一方の部屋には主人夫婦と爺と小児とが寝て、一方の部屋へ我々が寝るのであつたが、其の間には何のへだてもなかつた。部屋は天井もなかつた。（佐々木註、武田勝栄さんは、当時のいなりやの家族は六畳と八畳のどちらで寝たんでしょうね、と言われる）何でも先年の風で倒れたのを親爺と息子とで建てなほしたのだ相《ママ》うだ、宿料は二十銭で米はこちらで金を出して買つてもらうのだ。お菜は一寸した御馳走があつて五銭だつた。しかし非常に親切にして呉れた。散歩から帰ると「先生さんお茶が這入りましただ」と云つて蠅がわんわんしてゐる勝手の方へよんで呉れた。こゝではなすの漬物がおやつだつた。

槐多は、海岸の砂の上へ、仰臥しては胸部を日光に晒《さ》らしてゐた。私はぶらぶら汀《なぎさ》を散歩して時々ふりかへ［つ］て見ると九十九里の、見る限りさへ切るもののない茫漠たる海と空と砂とのつづく大きな自然の景色の中に、みすぼらしい槐多の姿が東京で酒をのんであばれてゐる時の彼に似ず淋しかつた。彼は「自殺の念も時々現れる、いけない」と日記に書いた。彼は未だ時々血を吐いてゐたのである。

「血が、私の口から滴り
死神がくゝと笑ふ
このむごたらしい事実が
よくも起つた。

私まで笑つた
あまりの唐突さを
笑つてだまつた
そして泣いた

それから九十九里の海辺へかけ出して
ぼんやり沖を見た。」
（佐々木註、鉤括弧は原文のママ）

槐多の其の頃の詩である。
私はこゝ（いなりや）に一晩泊つて其の翌日東京へ引きかへした。槐多は、いゝからと止めるのもきかずにとぼとぼとした足取りで一里ばかり鳴浜から片貝の村はづれまで送つて来て呉れた。或るヱハガキなどを売る店（佐々木註、中西屋か）の前で私達は別れた。其時槐多は泌々《しみじみ》とした調子で「左様なら又来給へ」とくりかへしくりかへし云つた。而して又元来た道へ帰つて行く様子が、呼びかへしたい程淋しかつた。病気をしてから槐多も変つた。どうも不可《いけ》ない。私は其う思つた。何だか彼の身に異変のある前兆がはつきりと感ぜられた。

彼は九十九里に一ケ月餘り居た。其処で彼はあらゆる苦痛の試練に逢つた。生く可きか、死ぬ可きかに考へ迷つた。

（山本路郎「槐多の自殺未遂」、『槐多の歌へる其後』所収、大正十年、アルス、傍線は佐々木）

山本二郎文の傍線を付した個所にもどる。文中の「主人夫婦」とは、作田かうさんの母・作田かぢさんと夫（養子）の兼吉、「爺」とは、かぢさんの父・作田仙造である。「小児」とはかぢさんの嬰児・作田かうさんとなる。やはり、作田かうさんの幼い姿を捉えていた。「親爺と息子」というのは作田仙造と作田兼吉を指しているが、槐多たちは、仙造も兼吉も共に養子であったことを知らないから、双方が血の繋がった「親爺と息子」に見えているわけである。

槐多は居心地の良い家庭のような、この九十九里の〈いなりや〉に「一ケ月餘り」もいたのであった。

先に東京に帰った山本二郎は、京都府立一中卒業後の足跡を未詳にしている。ただ、早稲田大学に進学し、妻帯（?）後は東京の池袋に近い雑司が谷に住んでいたことは判明している。しかしながら、二郎が九十九里を発つのが、大正七年九月であり、槐多が東京代々木上原の代々木ユートピアで天逝するのは、その日から約五ヵ月後の大正八年二月のことであった。二郎もまたそのユートピアの一員だったのである。

酒井忠康氏は近著『芸術の補助線』（二〇一二年、みすず書房）の中で、「吉田一穂を語る」という文を書かれており、従来知られていなかった一穂と槐多に触れられている。

［一穂の子息・吉田八岑氏の回想によれば］母の実家が、当時、代々木上原の大地主で何軒かの家作を持ち、一穂も結婚前、その一軒に住んでいましたが、画家で詩人の村山槐多も同様の家作に住んでいたことから一穂と槐多は面識があり、槐多が大正八（一九一九）年に「スペイン風邪」で亡くなったときには、その葬儀で一穂が弔辞を述べた――というのです。

一穂が槐多の葬儀で挨拶をしたという挿話を披瀝される。『吉田一穂詩集』（二〇〇四年、岩波文庫）の年譜を見ると、一穂は、一八九八年北海道生まれで、一八九六年生まれの槐多とは年恰好も近い同世代であった。山本二郎と同じ早稲田大学で学んでいる。

（本稿をまとめるにあたり、九十九里浜いなりや所在地にお住まいだった、作田かうさん（故人）はじめ、三女・武田勝栄さん、弟の作田一夫《いちお》さんの妻・祥子さん（故人）には、大変お世話になりました。ここに記して厚くお礼を申し上げる次第です）

あとがき―落穂抄

神奈川新聞社編集部より再校ゲラが出た頃、並行して本文では触れられなかったことが幾つか出てきた。「あとがき」を書くというのんびりした気持ちは薄らぎ、補足としてまとめておこうと思う。

森鷗外「沈黙の塔」と『ツァラトゥストラ』

「はじめに」のところで、明治四十年代刊のニーチェ『ツァラトゥストラ』（生田長江訳、新潮社）について触れた。森鷗外の短編「沈黙の塔」が『ツァラトゥストラ』冒頭に掲げられていたことについてである。両者は「ゾロアスター」という共通項で結ばれている。ところが、そればかりではなかった。鷗外は『ツァラトゥストラ』の原書も保有していたのである。

小堀桂一郎氏は、『森鷗外の世界』（昭和四十六年、講談社）の中で、

ところで現在鷗外文庫に残っている鷗外所蔵のニーチェの著作を検してみると、一九〇六年版（佐々木註、明治三十九年）のナウマン書店版全集のほかに三種類の単行本が残っている。（略）第三に一八九三年刊のナウマン書店版の『ツァラトゥストラ』で、これは前記の最初の完本の

第二版である（佐々木註、「第四部をも収めた『ツァラトゥストラ』の完本がペーター・ガストの手によって公刊されたのは一八九二年であった」とする記述を指す）。

（略）やはり彼が一九〇六年版のニーチェ全集を座右に置くようになってより後（略）、この年の正月に日露戦争から凱旋した鷗外は、これをその刊行年度のうちか、おそくとも翌明治四十年、いわゆる文壇復帰の年には自分の手元に置いて繙くようになったものであろう。

と記されていた。「おそくとも翌明治四十年」から、三年後に新潮社から翻訳本『ツァラトゥストラ』初版が刊行される背景には、鷗外も仲介に一役《ひとやく》買っていたのではないかと想像する。

〈よみうり抄〉の槐多死亡記事

次に村山槐多死亡当時の新たな〈新聞記事〉についてである。

一九一九年（大正八）二月二十日午前二時、スペイン風邪による結核性肺炎のため、駒場に近い代々木上原（当時の代々幡村）の地で没したが、二十二歳五ヵ月という若さであった。従来、その夭逝を唯一報じた新聞として知られるのが、「村山槐多氏逝《ママ》」という記事を載せた「中央新聞」一九一九年二月二十八日号である。

その後、当時の「中央新聞」以外の槐多死亡記事を探していたが見付からず、そのままになっていた。

先日、ちいさな記事を見付けた。瑣事ながら、忘れないうちに以下に記す。

「讀賣新聞」一九一九年二月二十二日号所収「よみうり抄」

の中に小さく、

村山槐多氏　美術院々友なる氏は去る廿日《はつか》逝去せりと（ママ）

と見える。以上である。この「よみうり抄」は、著名人十人ほどの消息が伝言板のように列挙されており、槐多の死亡記事は、右から順に佐々《ママ》木信綱、有島武郎、吉井勇、小川未明、岡本綺堂、小林愛雄《あいゆう》、高須梅溪、豊島與志雄に次いで、九人目に紹介されている。早くも槐多の死後二日目のもので、「中央新聞」より六日前の記載であった。

槐多の生地は〈神奈川新町〉か

頂いた再校ゲラ点検中に、気が付いたことがある。横浜について今少し加筆が必要と考えて、資料の補足を試みるのだが、こと槐多に関しては横浜の深掘りにフリーズが生じるのである。槐多の生誕について従来の展覧会図録では、「横浜市神奈川町生まれ」（佐々木註、当時は神奈川県橘樹《たちばな》郡大字神奈川町）とされている。神奈川町は昭和七年に廃止されたが、その町のどのあたりに村山谷助・たまが住んでいたかは不明なままであった。その「不明」を衝《つ》いて岡崎出生説が現れたんだ、と冗談めかして言う御仁もいた。

気付いたこととというのは、一冊の未見の展覧会図録のことである。

横浜開港一三〇周年・市政一〇〇周年・横浜高島屋開店三〇周年記念『〈横浜ゆかりの画家たち〉展　開港から現在まで』（一九八九年）、主催は神奈川新聞社・朝日新聞社、後援は横浜市・神奈川県教育委員会・横浜市教育委員会、監修は神奈川県立近代美術館館長の弦田平八郎氏、美術史家の岡部昌幸氏、であった。


三十五年も前の図録だが、横浜での展観であったためか、当時は気付くことはなかった。図録の中で、洋画は、森鷗外とも親交した原田直次郎や、黒田清輝などとともに、槐多の《房州風景》（大正六年頃）一点が紹介されている。図録中に神奈川生まれでもある岡部昌幸氏の、「横浜美術史（一八五九―一九八九）の小論―絵画篇」が見え、「横浜に生まれた画家たち」という項で十三人、東山魁夷や有島生馬とともに、村山槐多が紹介されていた。〈槐多の出生地の記述〉では、以下のように書かれていたのである。

村山槐多（一八九六―一九一九）神奈川区神奈川新町（傍線、佐々木）

生地が「神奈川新町」とは、初めて見る記載である。失礼ながら、当初、定説の「神奈川町」の誤記ではと思ったりした。然しながら、その左下に見える写真のキャプションでは、「村山槐多が生まれた神奈川新町」と明記されている。写真には国道の横断歩道橋に横文字で「神奈川区新町」と見え、現地で撮影されたものだったのである。

次の日、品川から京浜急行に乗り換え、初めて京急の神奈川新町駅で下車した。国道15号線沿いに横浜方面に向かって10分ぐらい歩く。右手に槐多の父谷助が教鞭をとっていた神奈川小学校（当時は神奈川尋常小学校）が見えてきた。今回初めて知ったことであるが、この地は確かに当時の尋常小学校に通うには至便なところなのである。石垣に囲まれた広い校庭の中には入れず、校門と校舎を撮影して、今度は小学校を背に神奈川新町駅方面に向かって、国道が見えない裏側を逆戻りしてみた。

通り沿い周辺に、神明宮、能満寺、神奈川通公園、笠䅣《かさのぎ》稲荷神社、良泉寺、と続く。車の往来が活発な表通りの国道15号線とは裏腹の閑静な住宅地であった。人影もまばらである。

これらの寺社は、村山谷助・たまがいた明治二十年代後半頃にはすでに全て姿を見せていた。『神奈川区誌』（昭和五十二年、同区誌編纂委員会）によれば、能満寺（高野山真言宗、東神奈川二丁目三二番地）は明治十一年本堂再建。神社の神明宮（神奈川通六丁目一九二番地）はもと能満寺の境内にあり、明治十八年村社に。笠䅣稲荷神社（東神奈川二丁目九番の一）は、明治十七年村社に。最後の良泉寺（浄土真宗大谷派、新町九番地の三）は明治十八年本堂が再建されている。（佐々木註、

神奈川新町より神奈川小学校（突き当たり）をのぞむ（筆者撮影）

住所表記は昭和五十二年現在。右記『区誌』による。現在の番地表記は改変）

京急神奈川新町から神奈川小学校に至る、それほど広くない区画は、四つの寺社が点在して聖域のような場所であった。新町から小学校に至る直線の道を毎日、槐多の父谷助は往復したのである。こうした良好な環境の地に村山谷助・たまを先導したのは、たまの次兄・秋山力（旧姓山本、当時、近隣の青木町に妻と住む。本書口絵写真参照）であった。

点在する寺社の宗派であるが、大きく、高野山真言宗と、真宗大谷派の寺院に分かれる。次兄の秋山力も三女の妹・槐多の母たまも、三河岡崎で生まれた。秋山とたま双方の父・山本良斎（良斎の宗派は特定できていないが）の本籍地は、愛知県幡豆郡永野村、現在の愛知県額田郡幸田町にあたる。真宗の多い地域である。真宗大谷派刊『三河の真宗』（昭和六十三年、同派三河別院）には、「一九八七年岡崎教区東本願寺報恩講団参一覧表」が見えるが、全三十五組の団体参加の内、幸田町からの参加数は、十三組と最も多い。

とすれば、右記の寺社で真宗寺院は、「新町九番地の三」にある〈良泉寺〉が該当する。牽強付会に過ぎないが、山本良斎の子で青木町にいた次兄・秋山力は、神奈川の新町に三女・妹たまと村山谷助を呼び寄せ、同じ真宗檀徒ならば、時には、神奈川新町駅に近い、真宗大谷派良泉寺へも共に参詣する日もあったのかもしれない、と想像するのである。

思いをめぐらせば、昭和七年に廃止された旧「神奈川町」の一角が「新町」であり、更に絞れば、「新町」の中の「真宗寺院良泉寺」周辺が、二人を住まわせた居所だったのではないかと考えてみるが、確定はできない。

明治維新以降の神奈川は、「東の神奈川町と西の青木町」で構成され、「橘《たちばな》樹郡大字神奈川町字神奈川」と「同字青木町」と呼ばれていたという。更に「字神奈川」は、〈二十五もの字《あざ》〉に分かれており、「新町」もその一つであった。つまり、正確な表記は、「橘樹郡大字神奈川町字神奈川（字新町）」となる。

かの石川啄木は、曹洞宗の末寺・日照山常光寺の「庫裏《くり》と仏間の八畳間」で私生児として生まれた（齋藤三郎『啄木文学散歩』、昭和三十一年、角川書店）。そのことから鑑《かんが》みれば、アジール（避難所）としての旧神奈川町〈新町・真宗良泉寺〉での村山槐多出産も、確証はないものの、想像としては不可能でもない。然しながら、その前に槐多の両親のいずれかが浄土真宗の門徒であれば、好条件となろう。故村山太郎氏に以前、槐多の宗派をお訊ねしたが、言葉を濁されたように記憶する。東京・雑司ヶ谷霊園の槐多の墓石はそれを物語るように、楕円に似た不思議な形状である。

以上、「あとがき」とは言えない「落穂抄」となりましたが、ひとまず、キーボードから離れます。最後になりましたが、前回の『森鷗外と村山槐多の〈もや〉』に引き続き、細部に亘る点検と助言を頂いた神奈川新聞社出版メディア部の小林一登氏はじめ、稲垣眞美氏、金子一夫氏、永井隆子氏、武田勝江氏には大変お世話になりました。厚くお礼申し上げる次第です。雪の日に。

〈初出一覧〉

「森鷗外と村山槐多の〈横浜〉」

『村山槐多のトアール　円人村山槐多改補』（二〇二一年）所収の、「『森鷗外と村山槐多の〈もや〉』爾後」を、新資料を加え更に大幅に増補した。

「〈モナ・リザ〉と〈裸僧〉」

『村山槐多のトアール』所収の、「槐多の〝モナ・リザ〟たち〔改稿〕」を、新資料を加え大幅に増補。原型の「槐多の〝モナ・リザ〟たち」は、新潮社「芸術新潮」一九九七年三月号〈特集＝村山槐多の詩（うた）〉所収拙稿。丹尾安典、高橋睦郎両氏との共同執筆。

「九十九里浜〈いなりや〉の村山槐多」

（財）日本工芸館「日本の民芸」二〇〇三年十一月号所収「村山槐多《猫を抱ける裸婦》考」を全面改筆し改題したもの。新たに武田勝江氏のご協力を得た。

佐々木　央（ささき・てる）

1949年11月生まれ。成蹊大学法学部卒、早稲田大学第二文学部卒。現在、明治美術学会、美学会に所属。日本現代詩歌文学館会員

〈著書〉

『炎の白面《はくめん》にためらふ如く－村山槐多大正六年作《湖水と女》ノオト』（私家版、1988年）

『円人《えんにん》村山槐多』（丸善出版サービスセンター、2007年）

『森鷗外と村山槐多－わが空はなつかしき』（冨山房《ふざんぼう》インターナショナル、2012年）

『森鷗外と村山槐多の〈もや〉』（神奈川新聞社、2019年）

『村山槐多のトアール－円人村山槐多改補』（丸善プラネット、2021年）

〈小稿〉

「繪」（日動画廊）全11回　1992年～2001年（のち『円人村山槐多』に収録）

「春秋」（春秋社、1996年10月号）「村山槐多－いのちの短かき一をどり」

「芸術新潮　特集・村山槐多の詩《うた》」（新潮社、1997年３月号）「槐多の〝モナ・リザ〟たち」

「近代画説10号」（明治美術学会、2001年12月）「村山槐多拾遺」

「流域79号」（青山社、2016年11月）「村山槐多《乞食と女》再考－いとかなしき答あり」

「流域81号」（青山社、2017年10月）「伊豆大島の村山槐多－《大島の水汲み女》と《差木地村ポンプ庫》をめぐって」

「流域85号」（青山社、2019年10月）「村山槐多没後100年忌拾遺－岡崎出生説の〈すきま〉」

〈小閑〉

ジャズ、クラシック、ラテン音楽、映画（邦・洋）をこよなく愛す。

森鷗外《もりおうがい》と村山槐多《むらやまかいた》の〈横浜《よこはま》〉

2024年3月25日　初版発行

著　者　佐々木　央

発　行　神奈川新聞社
〒231-8445 横浜市中区太田町2-23
電話 045(227)0850（出版メディア部）

ISBN978-4-87645-681-9 C0095